LA PAPALLONA

NARCÍS OLLER

BIBLIOTECA SELECTA

Fundador: Josep M. Cruzet

Volum 21

NOVEL·LA

NARCÍS OLLER

LA PAPALLONA

ED. SELECTA - CATALÒNIA
BARCELONA

Novena edició: juliol de 1992

Disseny de la coberta: Jordi Fornas

ISBN: 84-7667-014-1
Dipòsit Legal: B. 27.819-1992

Ed. Selecta-Catalònia - Rda. de St. Pere, 3 - 08010 Barcelona
Imprès a Libergraf, S. A. - Constitució, 19 - 08014 Barcelona

LA PAPALLONA

I

Quan encara el rejovenit sol d'abril tot just havia baixat als tercers pisos de Barcelona, per on vola enjogassada, gronxant els arbres, una marinada frescal; quan encara no formiguegen per la Boqueria les cuineres de davantal blanc, pentinats esbojarrats i corbates replanxades que abans lluïren llurs mestresses, sinó un eixam de mossos de fonda i de menestrales que es disputen els millors talls i la fruita més primerenca a més bon preu; eixint d'una de les altes porxades d'aquella plaça, barrejades en l'amoïnós corrent de compradors carregats de grans cistells al braç, que, com corns de l'abundància, vessaven, per la badada tapa, fresca verdura, argentades cues de peix i fruites carmínies o daurades, tres dones travessaren esverades l'empedrat i s'arrambaren al peu d'un arbre de la Rambla de les Flors per trobar quiet recer.

Una d'elles, la Madrona, ja de mitja edat, era corpulenta, morena i de faccions gegantines. Anava vestida, com les nostres jornaleres, amb colors moradencs i grisos, duia mocador de seda al cap deixant guaitar la migrada cabellera que començava a blanquejar-li, i tot son conjunt respirava un geni endreçat i recollit.

L'altra era baixeta i rodanxona, bé que de musculatura flonja. Son color trencat i la profusió d'arrugues que li ratllaven en totes direccions la cara, mal enquadrada per una mantellina espessa que li queia de gairell damunt del gran mocador de catifa que duia pengim-penjam, pregonaven aquella pobresa dolorosament disfressada que arrela sols en les ciutats grans i que arrossega amb enganyosos goigs el més dur martiri del treball. Duia al costat una minyona de servei, també tota mal engiponada i que amb prou feines podia aguantar la gran cistella que la decantava amb son pes. I, ja al peu de l'arbre, l'acomiadà perquè se n'anés a casa, amoïnant-la amb una tal lletania d'ordres i contraordres que era impossible de recordar sense ajuda de taquígraf.

—Jo ja duré la fruita —acabà per dir-li, remenant amb ses mans de pell matxucada un gran mocador agafat pels quatre caps com bossa pesant i plena d'objectes boteruts—. Vés, noia, vés. No et descuidis de res del que et dic.

—Està bé, senyora Pepa. Vaja, estiguin bones —féu, tot anant-se'n, aquell pobre ragatxo, parella ni feta expressa per al caçador del nostre exèrcit, en el sentit doble de son inconcebible delit i de sa figura migrada.

—Anem, doncs, a la nostra —començà la Madrona, un cop se li tombà de cara la senyora Pepa—. Vostè haurà dit: «Quin paper que em fa, aquesta dona, davant de la fideuera!». Ja m'explicaré. Veurà: ahir ja me'n va parlar, la fideuera; però em va dir que vostè té dispeses.

—Certament.

—Permeti'm. No hi vol dir res; sinó que la gent enraonant s'entenen, i a poc a poc es va lluny: sap?... Jo sóc d'una llei que m'agrada cada cosa en son lloc. La noia que li ofereixo per cosidora no és filla meva; però com si ho fos: sap?... No té pare ni mare (Déu els hagi perdonats), un i altra eren bona gent, i es feien molt amb nosaltres quan encara vivia el meu marit, que al cel sigui. Vull dir que, veient la Toneta...

—Es diu Toneta, la noia?

—Per a servir-la, mentre Déu vulgui. Anava dient, doncs, que veient la Toneta, quan va perdre els pares, que van morir de desgràcia a la *fràbica* on treballàvem també el meu home i jo, allí al *bafor* d'en Castellfort; una *fràbica* que hi havia al peu de Muralla de Terra, a quatre passes de Sant Antoni... que avui, com que tot es trasmuda, ja me l'han enterrada les cases del carrer de Ronda: sap?...

—Ah!, sí, sí: que tenia un reixat gran, amb un castellet de ferro al cim: oi?

—*Ecoli quà*! Vull dir, doncs, que la Toneta, aleshores, era una nena per l'estil de la meva Ció (tindria uns cinc anys, si fa no fa); i anem a dir que, veient-la sense haca ni barraca, ¿què havia de fer, jo? La vaig emparar. El de casa, és clar, no s'hi va oposar gens ni mica, per allò que diuen, sap?, «Com més serem més riurem»... Jo sóc d'un natural que... bé n'he passades, de trifulgues!... però mai no m'he deixat acovardir Ja veurà, ja ho diu, el *ditxo*: «A qui ajuda, Déu l'ajuda»; i jo, sap?, amb la confiança en Déu, quan em veig l'aigua a coll, dic: «Pit i fora!». I, em voldrà creure?, sempre me n'he deseixit.

La senyora Pepa, que frisava com l'enraonador que està condemnat a escoltar, engegava tot sovint els seus sentits per altres indrets. Ja s'entretenia contemplant com les floristes anaven adornant llurs taules escalonant-hi els gemats poms de flors que treien dels grans paners de forma de panderó en què venien; ja, tombant-se de l'altre cantó, enfilava amb la vista la porxada del mercat, plena de coloraina que s'eixamava entre les pileres de provisions com un vesper dins la bresca. De tant en tant pescava algun concepte d'aquell embullat parlament i reconstruïa la conversa a sa manera, sense dar-se la pena de demanar aclariments sobre els punts escapats. Sigui com sigui, encara la Madrona semblava lluny d'on anava. Què hi feia, doncs?

—Vaig prendre la Toneta, la vaig muntar com a les meves filles, i, miri, allà on mengen tres mengen quatre, i una cana més o *menos* d'indiana no ens havia de fer ni més pobres ni més rics.

—Guaiti —féu, de sobte, la senyora Pepa,

signant-li un comboi de brecs que venia omplint l'espai de terratrèmols en aquella hora de poc moviment.

I totes dues es van quedar mirant aquells carruatges ocupats per jovent alegre, que van passar com una exhalació, cada un amb quatre cavalls mig escapats i plens de picarols.

—Com es gasta, a Barcelona! Què es pensa? Aquesta jovenalla ara se'n va a fora, i amb els diners que llençarà en vins i *puros* n'hi hauria per a vestir-nos tot un any.

—Ben cert que sí. Endemés, volia dir-li que, la Toneta, jo l'he muntada amb el sant temor de Déu, i que, si vostè té estudiants a casa, per tots els diners del món no voldria pas que me l'esgarriessin: sap?...

—Ai, santa cristiana! Ja veig que no em coneix i que tampoc no coneix ni mica les persones que viuen amb mi.

—No *s'agravïi*: sap?... Jo no dic res per *agraviar-la*... Anem a dir només, que hi podria haver un descuit... i una noia és una flor, un mirall que tot l'entela.

—Miri —interposà la dispesera accentuant la paraula i fent una pausa per prendre alè—: vostè m'agrada molt, perquè jo sóc tallada amb la mateixa estisora: tant, que, filla!, per les criades, entengui-ho bé... per les criades, jo no em moc del pis en tot el sant dia sinó per anar a plaça. I cregui que és molèstia que em podria *estulviar* ben bé, ben rebé; perquè, gràcies a Déu, a casa no hi tinc sinó gent *decenta,* allò que se'n diu escollida. Filla!, ni el més petit atreviment, ni una paraula més enllà del que la llei de Déu mana. Que és cas! ¿Jo deixar la passar, a casa meva? Ja li dic que em coneix poc! Quina una, jo! A la primera, els plantava tots a la porta... Sense anar més lluny, tingui: ara fa tres mesos que un jove *guapo* i molt ben plantat que estava a casa, amb l'excusa d'haver-se *etivocat* de porta, què fa?, una nit se'm fica al *quarto*. Ší? L'*indemà*, al carrer i llestos. Ja veurà, una és *viuda* i cal que es *recati* com una fadrina: no és cert? El dia següent, l'anunci al diari: «*Una señora, que habita un tercer piso de buenas luces, etc., admitirá un caballero a toda asistencia para vivir en familia.*» Perquè, a casa, no és pròpiament una casa de dispeses, no: allò és viure en família. Jo sóc molt *faienta*, sap?, i poso tal voluntat a les persones, que tots els jovenets que tinc ja ho diuen: «Vostè és una segona mare.» Doncs l'*indemà* de l'anunci ja vaig tenir el *quarto* ocupat... Avui per avui, ¿sap per què busco cosidora? Perquè em sargeixi i apedaci la roba dels *senyors*; que no vull que vagin foradats, i dues de servei i jo no podem donar l'abast. M'escarrasso, em moro, i, vaja, no hi ha temps, el dia és curt. Deixi's... que a taula són nou!

—Nou?... Ja cal que tingui un bon pis.

—Nou, filla, nou! I que mengen per vint i estripen per una dotzena! Veurà: llevat del senyor Ignasi, un senyor que ja fa deu anys que el tinc, que porta els llibres de la saboneria *El Esplendor;* llevat d'aquest senyor, que tindrà a la vora d'uns quaranta-tres anys, els altres vuit en tenen *menos* de vint-i-quatre, i vostè ja sap com menja, el jovent així. En fi, ja ha vist el cistell: jo no els sé matar de gana, com ho fan les pròpiament dispeseres. Que és cas! Miri: tinc, entre altres, un jove, el senyoret Lluís, que tot sovint disposa el dinar perquè jo mateixa l'hi demano. Ja veurà: és un bon noi, més viu que una espurna, servicial, belluguet com una *papallona,* que li dic jo, i que, com que té un geni tan *faient,* m'agrada complaure'l.

—Ai, quin *sargento*! —exclamà ací la Madrona llambregant una xicota, desfregada com un homenot, que estava rient i jugant amb un soldadàs d'artilleria, allí a dues passes—. Guaiti, guaiti, això!

Era que, mentre la criada es deslligava rient amb les mans als costats i els llaços prisats del davantal blanc voleiant en l'aire, el soldat anava omplint-se les butxaques amb la fruita del cistell que aquella li havia obert a terra.

Aquest acte indignà tant aquelles dones, que la Madrona, no podent-se contenir, va afrontar la criada; i el soldat, tot fent el desentès, s'escapolí Rambla avall pelant-se una taronja, mentre la senyora Pepa, envalentida amb l'absència de l'artiller, carregava de dicteris la xicota, que, allunyant-se a corre cuita, encara es defensava tractant-les de tafaneres i llengudes.

—Ca!, si n'hi ha un feix, d'aqueixes gandules! Ja ho veu, a qui mantenen, les senyores que no van a plaça! La meitat se'ls en va per als *quartels!* Si sempre ho dic, jo: «Desgraciat de l'home que no troba una dona de sa casa!» I la dona de sa casa no té més remei que fer com nosaltres, venir a comprar. Hum! Moltes candeles fan un ciri pasqual: veli aquí!

—Ben cert —féu la Madrona, desitjosa de no allargar la nova conversa—. Altrament, amb el que vostè em deia, no tinc *reparo* en enviar-li la noia Però, ja li dic, *vagili*, eh?... perquè el jovent d'avui en dia em fa tremolar, i, tant a la Toneta com a les meves noies, els tinc privat el festeig. Bé els arribarà prou, l'hora dels mals de cap! Ara com ara, no les vull veure al costat de cap home, i *menos* dels que no són del nostre braç: sap?...

—Bé; i ja sap de cosir, la noia? Vull dir si sap fer repunts, basteta, en fi, tot allò que cal per si un dia una tingués la *capritxada* de tallar-se un vestit.

—Prou sap de tot, prou: si fins avui ha treballat al *Casmín*, i, sempre i quan *apreti* la feina, encara li'n daran a fer a casa.

—Doncs, que l'ha treta d'allí?

—Sí, però... ja ho veurà. Nosaltres hem rebut molt bé, sempre, dels senyors de can Castellfort. D'ençà de la desgràcia que li deia, sempre han estat el nostre pare-pedaç: *aixins* és que jo no els puc dar un no. Va morir el *jaio*. El seu fill, don Miquel, el mateix que el seu pare: «Madrona, què voleu?... Aquí ho teniu.» I això val molt, filla, per als pobres!... Don Miquel s'és casat, i la seva senyoreta, que és un àngel a la terra, es va *emprendar* de les mans de la Toneta i em va demanar que l'hi deixes un parell de dies la setmana. ¿Què havia de dir, jo?... Però resulta que al *Casmín,* si no les poden tenir segures cada dia, no les volen, i ara ens hem de basquejar per veure si, entre unes quantes cases, es fa el jornal... Endemés bé, doncs: dilluns la vol: oi?... ¿Carrer d'En Roig, m'ha dit?

—Sí; a l'entradeta del sabater. Que vingui dejornet: eh?

—No li mancarà: no tingui por. Anem, m'alegro molt de conèixer-la... A veure si faran, a veure.

—Bé ho penso. Estigui boneta. Vingui'm a veure algun dia, si li escau bé, que garlarem un xic.

—Si a Déu plau.

I una i altra s'allunyaren, confonent-se amb el formigueig de gent, que anava augmentant a mesura que el sol baixava a ordir sos raigs d'or entre les clarianes de la pampolada dels plàtans, que ombreja la bella Rambla com un extens i fresc emparrat.

II

En Lluís, a qui es referia la senyora Pepa, estudiava el quart any de dret, i era, en efecte, simpàtic a tot dir. Poc amic de fer el xitxarel·lo i de passejar-se enguantat i vestit per entre empentes, com es passeja a Barcelona; menys aficionat encara a la vida de saló i de cafè, gaudia allunyant-se dels barris de vernís ciutadà, i, així que va raure a la dispesa del carrer d'En Roig, s'hi trobà com el peix a l'aigua. Veié ben aviat que havia caigut de bon ull a la patrona, que aquells voltants eren plens de menestraletes eixerides; i quan eixí al balcó de son estatge i va sentir grinyolar les llimes, dringar els martells a les encluses i escapar-se de totes les portes d'aquell carrer d'oficis i botiguetes els sorolls discordants del treball, li semblà que li arribava als sentits una alenada de Ripoll, sa vila nadiua, que el rejovenia i li esponjava el cor.

Senzill de tracte, alegre com unes castanyoles, i amb més lletra menuda que un breviari per a tractar cadascú com son geni demanava, aviat es féu l'amo del barri. Entrava i eixia de totes les cases com de la seva, xanxejava amb tothom, aconsellava a qui ho volia, afalagava les mares i de retop festejava les filles, intervenia en les disputes de veïnat per acabar-les amb un acudit dels seus, improvisava balls, amb els companys i les noies veïnes, dins d'una botiga o al menjador de la dispesa, al so d'un orguenet que tocava per quatre rals tota una tarda, i acbà per ésser el somni daurat d'aquelles noies. Per allà on ell passava retrunyia l'alegria i esclataven rialletes en tots els llavis, com fa descloure flors i exhalar aromes el sol en llambregar els camps.

—Quan el veiem venir, fem: «Ja ve el vent!» —li deien de vegades, amb la major franquesa, les veïnes; però el cert és que, a totes elles, els ballava l'aigua als ulls i que el veïnat en pes li hauria donat la camisa. El sabater li feia per deu pessetes les botines que venia a quinze, la revenedora li dava fruita gairebé de franc; per a ell eren els primers clavells, els pensaments més grossos que esclataven en els testos d'aquells balcons; i les camiseres del quart pis del número 8 li feien els colls a ral, a dos rals els punys, i el proveïen de corbates a preus inversemblants.

Dins de casa, cap de sos companys no era com ell atès: la senyora Pepa es deixava governar per ell; les criades corrien gustoses a la seva cambra en sentit-li demanar qualsevol cosa. En canvi, ell feia els ulls grossos en veure minvar cada dia els terrossos de sucre que s'enduia del cafè i apilava en el calaix per fer-se taronjades, els donava algun diumenge *quartets* per a anar, a la tarda, al Romea o a l'*Odeon*, i fins, una que altra vegada, havia anat a ballar amb elles al carrer de la Canuda o a la Sala Oriental.

Sa figura ben proporcionada i no molt alta, com la dels nostres muntanyesos, revelava força i robustesa. El seu vestir senzill, la manera graciosament descuidada de portar el bolet i l'americana, li daven més aires d'artista que no pas d'estudiant de lleis. Una barba finíssima i rossenca adornava son rostre ovalat, suavitzant les dureses del relleu de ses faccions cantelludes de sàtir. Tenia el front bombat, i, molt sovint, sos cabells, caragolats i tossuts, se li despenjaven per ell com les corretjoles que engarlanden els penyals. Sos ulls, negres i expressius, com sos llavis, molsuts i elàstics, eren els més dòcils esclaus de son eperit. Quan s'enardia, aquells li flamejaven; quan suplicava, se li omplien de suau dolcesa. No mirava ni escoltava que no se li estarrufés o clogués el nas, talment com si, per a ell, el so, la llum, les mateixes idees, anessin carregats d'olors, o com si, per una extremada sensibilitat d'olfacte, se li estremís ja a les més insignificants vibracions de la matèria, a la simple modulació de la paraula.

Era indubtable que el seu geni valia més que cap tresor. Quan arribava a Barcelona algú de la seva família i el trobava tan ben proveït de roba i de calçat sense haver enviat a casa grans comptes, no sabia explicar-se el miracle. Ell responia que s'expliquessin com va tan net i ben apeixat el soldat que sap entendre's, i acabava la resposta amb una rialla plena de simpàtica endiastradura: —Ells són *quintos* de la milícia armada; jo ho sóc de la togada: heus aquí el misteri—. A voltes els sorprenia encara més compareixent a la fonda amb bitllets per als teatres o amb un cotxe per a anar a passejar que, en deixar-los, ningú no pagava. Allò ho treia de les amistats que tenia entre els fundadors de societats dramàtiques, i, quant al cotxe, ell se les entenia amb un *pessetero* de plaça que vivia al carrer d'En Roig.

La seva simpatia era de tal llei, que arribava a ofegar l'enveja de sos companys. Prou veien que, en aquells dominis, eren postergats, i que hi feien, a tot tirar, paper de comparses; però, com que, el mateix temps, es sentien atrets per l'encís d'ell, no li'n donaven la culpa, ni sabien a qui dar-la. Allí no hi havia artifici ni afany de preponderar: era la naturalesa que s'imposava. I qui culpa la naturalesa? D'altra banda, en Lluís els atenia sempre, els estimava de cor, i, lluny de menysprear-los o de prescindir d'ells, els feia participar de ses distraccions i balladuries.

Només amb dos companys no sabia lligar prou: el senyor Ignasi, home sorrut, que no s'hi pensava gens a passar-se tot un dinar sens badar boca, i en Tomàs Llassada, a qui solien motejar d'*americano* tots els de la dispesa, perquè, de noi, havia estat a Amèrica, on l'estrofa del seu pare hagué d'emigrar, pogué redimir el seu nom i acabà per fer-se ric.

Desitjós que el seu fill pogués un dia millorar el conreu dels seus *ingenios*, l'havia enviat aquí a estudiar la carrera d'enginyer industrial; però, potser per allò d'assemblar-se els testos a les olles, en Tomaset duia camí de deixar la carrera i perdre's per viaranys de mala fi. Son pare, que, un cop ric, ja no tenia cap motiu per a enfrenar sa prodigalitat innata, no escatimava res a l'estudiant, que era la nina dels seus ulls, esperant que tal comportament seria, un jorn, recompensat. Però, per dissort, en Tomaset li va eixir un epicuri de primera, ben poc disposat a fer res d'allò que no li vingués de gust. Gens inclinat als llibres, ni es prengué la molèstia de preguntar on parava l'Escola: el primer amic que trobà a Barcelona el menà al cafè de França per jugar al billar, sa diversió preferida; i allí perdia la major part del temps i dels diners. Estroncada la font dels sentiments pel gel de ses doctrins, no s'encaparrava gens ni gota a complir sos sagrats deures; fred de geni com ell sol, mai no s'enutjava amb ningú, tot exasperant els altres amb sa mitja rialla de caràtula, que semblava haver-se ja fossilitzat i fos amb son rostre rebegut i de color de mòmia.

Es comprèn que aquest temperament d'anticipada vellesa no podia avenir-se amb els hàbits i pensaments d'aquella *papallona* esbojarrada, tot jovenesa, tot sentiment, tot espontaneïtat; i, així, molt sovint, hi havia, entre ambdós, greus retops, dels quals eixia sempre amb les mans al cap aquell que més cor tenia. En Tomàs parlava de la dona com d'una màquina; en Lluís, cruixint de dents, li evocava, amb la imprudència dels pocs anys, el record de sa mare; i, mentre s'espantava d'haver-ho fet, en aixecar els ulls topava amb la rialleta impertorbable de son contrincant, qui, per completar la resposta, arrupia les espatlles amb sarcàstica indiferència. Quan sentia contar les bromes de bona llei d'en Lluís amb les noies del veïnat, el tractava de manset i el compadia. En Llassada i el senyor Ignasi eren els únics que no prenien part en tot aquell enrenou.

Però com que tots els genis són tallats a facetes, i una de les més marcades d'en Tomàs era la d'ésser, quan volia, molt agut; en no tractant-se de gustos contraposats, en Lluís, ardent admirador de l'enginy, ja abraçava l'americà per l'esquena i li tocava el botet per escoltar-lo i aplaudir-lo. Al cap i a la fi, si en Tomàs era esclau de la fredor de cor, en Lluís ho era de la vehemència de sos entusiasmes; i, si tota la seva simpatia depenia d'aquella generosa disbauxa d'alegria i esbojarrament, els efectes de sa conducta, moltes vegades, eren tan dolents com els de la d'en Tomàs. Bé podien perdonar-se l'un a l'altre.

—¿Què saps tu, què saps tu, si en ta vida t'has pres la molèstia de pendre't en *sèrio*? —feia l'*americano* quan veia combatre ses teories per en Lluís.

—Oh!, com que tu t'has escarrassat tant per estudiar-les!

—Si no he fet això, he pensat molt més que tu, *Mestre Foguerades.* —Aquest era el renom amb què el batejava en Tomàs.

—Visca la modèstia!

—La modèstia és un de tants fingiments que només poden enlluernar la gent lleugera. No hi ha ningú lliure de vanitat, noi: tothom s'estima més el propi valer que el dels altres. La vanitat absoluta és censurable, perquè ningú no ho reuneix tot; però la vanitat relativa, com la meva, de creure que tinc més món que tu, més serenitat de judici que tu, és tan legítima com la teva de creure que tens més sentiment...

—Vaja!, ¿ja tornem a les filosofies de sempre?... —acabava per dir en Lluís—. Anem, anem, que avui t'acompanyaré a fer una partida de caramboles.

I com que ordinàriament aquestes discussions solien ésser a les postres, l'hora dels corol·laris de la conversa que ha estat tema del dinar, s'aixecaven de taula amb els altres estudiants, i eixien plegats, deixant el servei i la senyora Pepa entretinguts a comentaris de sentiments, sempre propicis a en Lluís, sempre contraris a l'*americano.* El senyor Ignasi, mentrestant, amb el diari al nas, el colze a la taula, tranquil com si estigués sol, s'informava de la política i assaboria les delícies de l'únic cigar que es permetia fumar els dies de feina.

III

El dilluns al matí, la Toneta comparegué amb puntualitat militar. Al primer cop d'ull, ja va escaure a la senyora Pepa. Era una noia d'uns vint anys, alta, ben entallada, d'una morenor encesa, tota airoseta, de posat seriós i mirar modest. L'energia de son perfil i l'arruga vertical que se li dibuixava molt sovint entre cella i cella, daven extraordinària serietat a sa expressió i delataven, alhora, un geni fort i resolut, que esqueia bé a la majestat total de sa figura escultòrica. Parlava amb un ordre i una claredat sorprenents en persones del seu braç. I sa veu, pronunciadament acontraltada, arribava al cor amb especial encís. Els amics de les coses extraordinàries haurien dit que havia estat robada d'algun bressol de blondes.

Com que ja començava a calorejar, la senyora Pepa li posà la tauleta de cosir al peu del balcó de sa cambra, estenent la cortina llistada de blau, per esmorteir la claror i deixar córrer la fresca. Prengué després seient a l'altra banda de taula, i encaminà tot seguit la conversa a l'elogi de la casa per tranquil·litzar la noia respecte als estudiants que temia la Madrona, «que no havien d'entrar allí per res», tot escorcollant al mateix temps el passat i el present de la cosidora. Son parlament rondallaire durà prop d'una hora i mitja, i en ell eixí, punt per punt, tota la conversa de la Rambla.

—Ja veurà —féu la Toneta—: no ha d'estranyar res del que li va dir la Madrona: m'estima com una mare, com no li podré pagar mai, i es pot dir que té més compte amb mi que amb ses filles, potser perquè m'ha vist més desvalguda. És molt bona, molt bona! I el que més esverada la té és el temor que caiguem a les mans d'un mal home. ...Tant, que, sap?, fins de vegades ens fa riure, perquè sembla que no tinguem encara enteniment per a conèixer quins són els bons i quins els dolents. ...Es creu que m'ha sermonejat poc, ahir i avui! «Que no t'escoltis cap estudiant; que no et deixis acompanyar pels carrers; que et guardis prou de dir on vius...» Ara figuri's vostè!, com si jo fos una gran cosa, perquè tots s'enamorin de mi i em volguessin seguir i venir a veure'm a casa! Miri: és tant el que tem el dir de la gent, que estic ben segura que, si em veia, un dia, amb algun jove pels carrers, o notava que em venien a fer els tatos per sota el balcó, com els fan a noies ben honrades, em treia de casa. Oh, sí!, em trauria de casa!

—Sí que és ben rigorosa!

—En aquestes matèries, com no es pot creure. Però, ja ho veurà, ho fa a fi de bé i l'hem de respectar. Ja em guardaria jo prou de trencar-li el respecte en aquest punt i en altres, encara que no fos sinó per estalviar-li el sentiment que tindria. Pobra dona!, després que ha fet tant per mi!

—Senyora Pepa, la demanen —féu la cambrera traient el cap per la mig badada porta.

Eixí la dispesera, i, al cap d'una estona, sentí la Toneta corredisses feixugues que venien acostant-se. Aquella criada, cametes ajudeu-me, així que sentí en Lluís trastejar per la seva cambra, hi va entrar a dir-li que tenien una cosidora com un serafí, que la senyora Pepa semblava voler confitar per a ella allí dins. L'estudiant féu un bot com si es sentís foc als peus. Una xicota nova i guapa, quan estava ja gairebé cansat de les del barri, era, per a ell, un premi de la rifa.

—Que se la vol confitar, diu? Vaig a cridar la senyora Pepa.

Pregà, demanà, suplicà, posà en joc totes ses manyagueries, féu Poblet i Santes Creus per amansir aquell Cerber amb bata estireganyada de quadrets; i, veient que se li escapava amb propòsit de tancar amb pany i clau aquell tresor, es clavà a córrer-li darrera, i, agafant-la còmicament pel clatell, entrà amb la dispesera a la cambra.

Ella es deixà caure a la cadira esbufegant. La Toneta, de primer un bon xic sufocada, acabà per haver-se d'amagar el riure amb la feina en sentir els acudits de l'estudiant, que feien saltironar la rialla al ventre de la bona dispesera, roja com un perdigot.

—Ara vegi!, com si jo fos un lladre i vostè una relíquia! Diu que no me la puc mirar, Toneta. M'han dit que es diu Toneta: oi?

—És veritat. Però, si li agrada mirar noies lletges, ja em pot mirar, ja.

—Sí, jo tinc aquest mal gust —féu l'estudiant amb accentuada ironia. I arreu, encarantse amb la dispesera—: Veu? Ja tinc el consentiment d'ella: no em cal el de vostè.

—Vagi a passeig! —exclamà la senyora Pepa, encara rient amb aquell gust que deia com li tenia robat el cor *la Papallona.*

En Lluís prengué una cadira i es quedà allí garlant bona part del matí, per a tornar-hi a la tarda, ara a soles, ara en presència de la dispesera. Trobà bonica, molt bonica, la Toneta, i aquesta quedà encantada de la lleugeresa, de la gràcia, del cor d'en Lluís. No es canvià entre ambdós ni una sola paraula d'amor: van conversar de mil coses diferents; i en totes elles manifestà l'estudiant un criteri tan original, enginyós i alegre, que encisà la noia quasi tant com la forma lleugera i franca amb què aquell sabia vestir-ho.

Arribà el capvespre, i, mentre la cosidora es posava l'airós mocador gran i es feia sortir les orelletes per la vora del que duia al cap. girada d'esquena a en Lluís, aquest, passejant embadalit sos ulls per l'elegant contorn de tota la figura de la noia, deixà anar baixet un:

—Si vol que l'acompanyi, Toneta...

—Això sí que no! —respongué ella, tota resolta i encesa d'un plegat—. I doncs —pensà— potser sí que tenia raó, la Madrona! —I el cor li féu un salt com si l'haguessin afrontada de debò.

L'estudiant no insistí, i, veient-lo callat, la bona opinió d'ell abans formada es reféu ben aviat en l'esperit de la Toneta. Ja tranquil·la, i esvaïda la rojor de les galtes, allargà la mà a l'estudiant i s'acomiadà modestament. Al replà de l'escala, parlant amb la dispesera, va dir-li:

—Vaja, que el senyoret Lluís és ben divertit, ben divertit: oi?

—Ja ho ha vist: una plaga de la parròquia, que ens fa riure tot el dia —respongué la senyora Pepa; que repetí de seguida, per vigèsima vegada—: Fins dilluns: eh? No se'n *desoblidi.*

I, per l'ull de la fosca escala, va sentir-se la veu de la Toneta, trencada per les martellades de l'ataconador, fer:

—No perdi *cuidado*, no perdi *cuidado!*

La Toneta va travessar el carrer de l'Hospital, i, trencant pel passatge d'En *Bernardino*, anà fent drecera cap al carrer de Montserrat, on vivia. Caminava procurant salvar amb constants giragonses les empentes de la munió d'obrers que, en aquella hora de plegar, inundava tot aquell barri, ja bastant enfosquit per les ombres del capvespre. De tant en tant tombava el cap, temorosa que l'estudiant la seguís. A voltes creia descobrir el seu bust entre les ones de bruses i caps que bellugaven darrera i semblaven espessir-se més i més en els confins de sa visual. Quan això succeïa, escurçava el pas, deixava avançar l'ona en què havia fixat sa atenció, i, un cop convençuda que ell no hi era, emprenia altra volta el camí amb major daler. Les cantonades la feien altra vegada retardar, tement, a cada una, que ell li eixís de trascantó; però, una darrera l'altra, anaren desfilant sense l'encontre temut, i, a la fi, s'acusà ella mateixa de beneita per haver ni un sol moment sospitat que un senyoret com en Lluís hagués de pensar en ella i posés tal afany a saber on vivia. Travessant el carrer Nou, quan així rumiava, de sobte se li seguen les cames. Davant d'un aparador d'armer, on la llum resplendent de grans jocs de gas es multiplicava a l'infinit en reflectir-se en les brunyides armes, veié en Lluís, entretingut amb una *desgraciada*. La claror d'aquell carrer, i sobretot el doll que n'eixia d'aquell aparador, els posava a la vista amb tots els detalls i no deixava dubtar: era en Lluís. El primer moviment de la Toneta fou apartar-se'n, trencar cap a l'altra banda; però, sense voler, anà atansant-s'hi, i es trobà gairebé fregant amb la parella. De cua d'ull primer, i després clavant ja de dret la ullada, va veure, amb goig, que fins aquesta volta s'havia errat. Era un desconegut. «¡Com diantre havia suposat tan desvergonyit el bon estudiant! ¿Per ventura tenia un aire de tothom que portés levita? ¿Tan adotzenat era, que així se'l pogués confondre?» I altra vegada s'acusà de beneita, i d'injusta de més a més; perquè, certament, en Lluís no li havia donat motius per a creure'l degradat, i, en recompondre ara amb la imaginació la seva figura, veia ben bé que era bell, airós i inconfusible.

I, així pensant, tot son esperit ple d'en Lluís, arribà a casa, i s'hagué de mossegar la llengua diferents cops per no explicar a les filles de la Madrona la coneixença feta aquell dia.

Més tard es ficà al llit i va somiar l'estudiant.

IV

L'endemà la Toneta es quedà a treballar a casa. Es llevà de matinet, es rentà i es pentinà, enutjant-se molts cops amb la tossuderia de certa mota de cabells que se li revinclava; i, un cop endreçada la petita habitació, va obrir el balcó de bat a bat per treure a fora la cadernera. Sos ulls van resseguir involuntàriament el carrer de Montserrat i sa prolongació pel d'En Guàrdia, que, d'aquell pis, es veien a vol d'ocell, com un congost des d'un cimal. Passaven per baix obrers i carros que anaven a treballar: potser els mateixos que en venien, la vetlla abans, quan ella tornava a casa tan pensívola. La llum d'aquella hora, boi crepuscular en la part més pregona del carrer, li reproduí la passada escena, fent-li reviure, amb cert goig, la imatge d'en Lluís, que havia confós tan llastimosament. De pit a la barana, destacant entre l'enquadrament poètic que feien al balcó les enfilades balsamilles i corretjoles que creixien en dos caixonets, plens, a més a més, de pensaments i violetes, passà llarg temps amb la pensa emboirada, l'esguard perdut, sense adonar-se de sa pròpia existència, fins que la Madrona l'esmatornà amb sobresalt.

Llavors entrà, s'acomiadà d'aquella bona dona i de ses filles, que anaven al treball, i, posant la màquina de cosir al peu del balcó, el cistell de la feina a son costat, començà la tasca del dia. Contra costum, el temps, comptat, esmicolat pel cric-cric de l'agulla, se li feia etern. Durant aquell dia, el cor se li ennuvolà i asserenà més voltes que el d'una histèrica; els mateixos records, els mateixos objectes, se li presentaven ja alegres, ja tristísims. Pensava en sos pares difunts, en sa orfenesa, i una llàgrima traïdora li enterbolia la vista; i, de sobte, com si algun desengany cruel li fes envejar l'altre món, deia entre si: —*Ditxosos* ells!— Després parava de treballar, dava una mirada al voltant, i exclamava amb goig:

—Bé estic prou bé! ¿Què més pot desitjar una orfeneta com jo? Això és un reconet de Paradís: hi tinc flors, la cadernera, la màquina ja pagada, el meu llitet de ferro amb un bon matalàs i una màrfega ben tova, la meva calaixera, el meu mirall... ¡Oh, i que m'ha semblat molt clapat! Avui me'n compraré un de més llis. ...Després, aquest balcó tan banyat de sol, aquest balcó, que és un cotxe parat! Si se'n veu, de cel! ¡si en veig, de terrats, des d'aquí! ¿Voleu res més divertit, que el que des d'aquí domino? Aquells senyors, aficionats a flors, que pugen a terrejar amb bata i casquet; aquelles criades que, estenent o estirant roba, de sobta la deixen a terra i s'abraonen i arrenquen els cabells amb les del terrat veí, o s'insulten esbalegant-se amb les que treuen el cap per la finestra del celobert; aquells militars que juguen a fet amb les boleres del número 5; aquell jove tan *maco* que es passa tantes estones al costat d'aquella noia amb el llibre a la mà, ullfit en els ulls d'ella; aquells colomistes que... Vols-te jugar que és estudiant, aquell jove? Té, així, un posat airoset, de traïdoria, com en Lluís. ... Pobre Lluís! quines intencions que li vaig suposar, ahir!... Oh! i, aquesta nit, ¿per què he hagut de somiat que s'ofegava? ¡Quina pena que em feia, veure que no s'agafava als meus braços ni a la soga que jo li havia tirat! Ara veieu què he anat a somniar!... ¡Jo, que mai no m'he embarcat, trobar-me dalt d'un *barco*, i en Lluís seguint-me desesperat, nedant! ¡Quin neguit, quina angúnia, quan veia que el deixava entre el zumzeig de les onades!

I, en arribar aquí, se li escapà un ai! involuntari del cor, tot ensems que la pensa se li emboirava altra volta i, abocada sobre la màquina, els dits quasi tocant amb l'agulla, veia la tela descabdellar-se com un núvol blanc que s'esvaïa a l'altre costat de la tauleta; èxtasi estrany en què el món del seu voltant se li esfumava, el cor bategava desbocat, la raó romania adormida i l'ànima s'ofegava en un mar agredolç, on el sentiment es gronxava emperesit! Sos peus anaren amollant inconscientment, el volant perdé l'impuls, i l'agulla, endormiscantse, picà primer a salts, després a esmorteïdes caigudes, fins que la màquina es parà, com presa del mateix encís. La Toneta quedà una bona estona amb el cap ajagut sobre la mà esquerra, la vista perduda en les immensitats de la blavor del cel, per on lliscaven borrallons d'escuma transparents i reblerts de llum com enceses fumeroles.

De sobte, una sacsejada misteriosa la retornà, reprengué la tasca amb major daler. Però els èxtasis, les cabòries, els records tristos i les reflexions dolces anaren corprenent-la, un darrera l'altre, tot el dia, intercalat sempre d'una pregunta que ella mateixa no es responia i que jugava amb son pensament com el motiu insistent que caracteritza Beethoven: —Dilluns! Quan és dilluns?

Durant el sopar, ses amigues, la Ció i l'Angeleta, van notar que estava més distreta que de costum. Quan menys s'ho esperaven, amb el colze damunt la taula i la galta damunt la mà, clavava bona estona la vista en el brunyit reverber del llum de petroli que de la paret penjava, indiferent i sorda a la conversa de la família.

—Ep, tu! que tens el cap a tres quarts de quinze, avui? Vols o no vols ensiam? —li feia la Ció, sacsejant-li amorosament el braç.

—I tal! no sé en què penses! —afegien, a duo, la Madrona i l'Angeleta.

La Toneta es tornava roja com si li haguessin sorprès un secret, reia per força, deia que era son el que tenia, i procurava *desvetllar-se* menjant ben de pressa, per a caure altra volta en nous ensopiments. Amb treballs s'hauria vist, ella mateixa, per explicar-se què tenia. Tot plegat res: el cap com buit, i brunzint-li, dintre, aquell borinot, sempre amb la mateixa cantarella: —Dilluns! Quan és dilluns? —D'altra part, un desig de relatar graciositats d'en Lluís, que sols la por que li feia la Madrona, amb son rigor de recelosa, podia contenir.

Refiant-se més de la Ció, esperit reservat i discret, que no pas de l'Angeleta, que alguna vegada havien tractat de bocamolla, va aprofitar el moment que estigueren soles al balcó, després de sopar, per a esplaiar l'esperit. Amb les seves manyes, la conversa anà rodolant fins a dar peu a parlar del carrer d'En Roig; i encara que enraonà refrenant l'empenta dels seus entusiasmes, que la poesia de la lluna i la soledat del carrer semblaven fer, si no més poderosa, més tendrament expressiva, es sentí ja, en retirar-se, amb el cor més desfogat.

V

Per un d'aquells contrasentits que la vida presenta més sovint del que saben veure els caràcters poc observadors, en Miquel Castellfort, aquell jove reposat, reflexiu, malenconiós, retret del món i lliurat en cos i ànima al treball, s'havia enamorat d'una dona que era un estornell, tota expressió, sempre disposada a xanxejar i a fer lluir son enginy inestroncable, mal que exposés, a voltes, fins la reputació que es mereixia per son fons seriós, sa conducta immillorable i sa excel·lent bondat.

Filla d'un patriota sempre embolicat en conspiracions i bullangues, hagué, essent noia, de seguir l'accidentada vida del seu pare, avui fugint a França per viaranys i muntanyes, demà cercant l'hospitalitat a Itàlia, un altre jorn refugiant-se a Anglaterra, passant tothora per aquell tràngol del polític militant que tan bon punt l'enlaira a menjar amb reis com l'obliga a aprofitar les engrunes de pa d'una fonda de *sisos.* Crescuda amb aquest vaivé de la sort a la desgràcia, de la desgràcia a la sort, la Merceneta, si havia pogut enfortir son esperit com poques, havia també après a no dar al món més importància de la que es mereix als ulls de qui ha vist els llinyols que el fan ballar, i contret, així, una mena d'independència, un *tant se me'n dóna* per a tot el que no era verament fonamental, que havia de sorprendre qualsevol dels qui no la coneixien prou a fons.

Son pare, ja vell i cansat d'aventures, després de rodar el món, havia tornat al Born, a esperar tranquilament la mort entre les dues filles que, faltades de mare, havien hagut de seguir-lo sempre. Es comprèn que qui havia dut una vida tan agitada es trobés a ses velleses sense diners, tenint en compte que el patriota no era un *patriotero* o *buscavides*, sinó un home ple de bons intents, i d'imaginació tan desbocada com calia a jugar-se la vida cada dos per tres a fi de portar la llibertat a Espanya. Així és que aquella trinitat vivia amb dolorosa modèstia quan la casualitat la posà en contacte amb l'hereuet Castellfort, que era gairebé un potentat disfressat de senzill fabricant. La Mercè i en Miquel s'agradaren potser per la llei del contrast, que té un imant secret per a realitzar harmonies sorprenents; potser perquè l'un i l'altre estaven tocats de misantropia, encara que en oposats tons; potser perquè lligava ambdós un mateix sentiment de caritat, un esperit igualment entusiasta per a tot el que és bo o és gran.

Sí; perquè aquell jove, tímid i reservat per

excel·lència, era entusiasta, i entusiasta de debò: sols que els seus entusiasmes eren íntims, no eixien del sagrari del seu cor, com si temés profanar-los amb l'acollida esbojarrada del públic, que tantes voltes crida i gesticula més mogut per la vanitat o la moda que pel foc sagrat d'un sentiment veritable.

Cal conèixer un xic sa història de noi per a comprendre bé aquesta faç secreta d'en Miquel. Cal saber que, amb tota la llibertat que li deixava el seu pare cada vespre per anar a esbargir l'enteniment fatigat pel treball del dia, ell no s'acostava als teatres sinó quan hi havia espectacles extraordinaris, artistes de justa anomenada. Llavors, amb el cap cot, la mà dreta dins del pit de la botonada levita, les ulleres a la butxaca dels faldons, emprenia el camí, assaborint ja per endavant les delícies que l'esperaven, i ocultant-ho, per això, de tal manera, que qualsevol hauria cregut que anava a vetllar un malalt. Es ficava al teatre, s'aclofava a la butaca o es confonia entre el públic, i, dins aquell recolliment, plorava de goig o es fonia per aplaudir, lliurat en cos i ànima a l'espectacle, sense que ningú el veiés fer altres moviments que els de fàstic si per dissort tenia algun veí xerraire o insubstancial. Eren ses hores de goig suprem, els millors moments de sa vida, sobretot si l'artista era *una* artista, fos del gènere que fos.

En aquest cas, calia veure com aquella imaginació, tan freda en aparença, s'escalfava fins al punt de confondre l'emoció estètica amb l'admiració personal, l'entusiasme d'espectador amb una mena d'amor platònic, d'enamorament per la dona que l'havia commogut fingint afectes purament i senzillament artístics. Quan li passava això, ja el teníeu filtrant-se com una ombra per les taules, només per flairar de prop aquella *deessa,* sense mai gosar parlar-li, envejant, avorrint, gelós, els atrevits que profanaven el seu *camerino* (per a ell veritable *cambril*); esperant, després, arrambat a l'ombra, la sortida del teatre, per córrer dissimuladament darrera el cotxe i veure on posava aquella *senyora del seu pensament;* espiant, l'endemà, totes les entrades i eixides de la fonda i mirant amb amor tot el que li duia records d'*ella,* totes aquelles parts de la companyia que amb *ella* creia més a gust lligades. I tot això ho feia en Miquel sense comunicar-ho a ningú, sense perdre son posat trist i indiferent, covant, covant amb religiós secret les més dolces i candoroses fruïcions.

Una sola vegada, per bons oficis d'un amic, s'atreví a entrar a saludar una d'aquelles *estrelles,* que, per llunatisme del públic, no havia escaigut prou als barcelonins. La compassió li donà tot aquell coratge que l'admiració li robava. La comedianta es va plànyer amargament de la fredor del públic, mostrant-se esmaperduda, dubtosa del seu geni, desesperançada dels èxits que anava a cercar a Ultramar, als Estats Units. En Miquel eixí tan contristat, tan excitat i afligit de l'entrevista, que, en arribant a casa, amb mà febrosenca i en castellà, escriví un anònim que, traduït, deia així:

«No s'arriba al cim de l'art sinó per un camí ple d'espines. La bellesa no és sinó un dels caràcters de la veritat, estel sempre entelat pels vels del dubte, que la Humanitat perseguirà eternament amb el major afany per reconquistar la felicitat que sos primers pares en el Paradís perderen.

»Jesús vogué predicar el bé, que és un altre dels caràcters de la veritat, i crucificat morí. No hi ha a penes un descobridor que hagi pogut assolir el llor de glòria que de fet li pertanyia i, en conseqüència, que hagi estat feliç.

»El saber amb la ignorància, el sentiment amb la insensibilitat, estaran eternament en pugna, i res no val que el savi i l'artista plorin per la conducta que la multitud amb ells observa. Néixer artista o savi, vol dir néixer desgraciat.

»El talent creador, el sentiment creador, són privilegis que avassallen, i el vassall avorreix sempre el senyor, per noble i gran que aquest sigui. Al cap i a la fi, el vassall no fa sinó obeir la veu de l'orgull humà, que la generalitat confon amb la dignitat.

»Cal, doncs, armar-se de voluntat i resignació per sostenir tal lluita de titans i no escoltar altra veu que la del sentiment de la missió que un ve a complir a la terra.

»Parlar de desenganys i d'ingratituds ve a ésser com dir: —No sóc superior: he de figurar entre la multitud, que és víctima de contínues sorpreses. —Per a l'home, per a la dona que valen com vostè, no hi ha desenganys, ni la ingratitud no pot venir-los de nou: més hauria de sorprendre'ls de trobar pla i eixut aquell camí que tots els *grans* travessaren plorant amargament i a ensopegades.

»Amb el setiment, doncs, de la vàlua pròpia, amb l'orgull sant de la superioritat, que revela major parentiu amb Déu, l'artista i el savi han de cobrir de flors les espines que la Humanitat els ha tirat al pas, a fi que aquesta, embromada per llur aroma, es llanci per aquell camí i, amb el pes feixuc de sos peus, es clavi les arestes que amb tan mala fe hi havia escampat. A les vostres mans teniu la pena.

»A Amèrica, doncs, i no defalliu. Molta dignitat, sempre en l'art fits els ulls; jamai abaixarlos fins a les debilitats del vulgar, com no sigui per compadir-lo; i avant sense por.

»¡Que el públic de Barcelona no us ha comprès! No, no digueu això. És una part, una part tan sols. N'hi ha una altra que sempre us consagrarà un record entusiàstic i que sentirà glatir el cor per a reveure-us tan gran com ara i amb més sort. Adéu.»

L'endemà tornà a llegir aquesta carta, i, trobant-la pretensiosa i innocent, no la tirà al correu; però el sol fet d'haver-la escrita revela ben bé quina llei de cor tenia en Miquel, i fa comprendre millor aquella elecció que tots els seus coneguts estranyaven. Trobava la Mercè de pasta d'artista, el mateix encís.

No obstant, son amor, aquelles aparences de què hem parlat, aparences que transcendien fins en el vestir, barallat amb la moda corrent, un bon xic extravagant, ple de deixos portats d'Anglaterra, que, si esqueien perfectament a son cap ros, a sa figura esprimatxada i alta, a la manera de dur els braços, sempre caiguts i amb moviment de pèdol, topaven amb els gustos de Barcelona com nota desafinada; aquelles aparences que en Miquel no podia corregir, el retingueren molt temps de casar-se, temorós que son pare no en rebés mala impressió i compartís amb molts barcelonins l'opinió erradíssima que tenien d'aquella noia original. Però morí en Castellfort, i en Miquel es casà, emportant-se'n, ple de goig, la Mercè a casa; sa casa, llavors solitària, que ella alegrà ben aviat com rossinyol que s'escau a fer niu dins una gruta.

Era, aquella, situada a la Porta-ferrissa. Tenia cinc pisos d'alçària, quatre balcons de rengle, tot son davanter estucat, botigues a peu pla, i al mig una portalada gran. Entrant, a mà esquerra, es trobava l'escaleta dels pisos, d'embocadura un xic fosca, i, més endins, eixamplava l'entrada un celobert quadrat, estucat també, on cada pis tenia quatre balcons sense solana i en el qual es desplegava l'escala del primer, tota de marbre de Carrara fins al peu d'una porta de caoba i llautons brunyits. Al fons del celobert hi havia el magatzem-escriptori, que tenia comunicació privada amb el pis, vidrieres amb reixa al jardí i rebia, encara, llum zenital del terrat per claraboies de vidre gruixut. El pis respirava comoditat, benestar;

però la total absència de bon gust en el parament i les esquifides dimensions de les peces principals, del terrat i del jardí, que havien de servir-li d'esbarjo, daven a l'habitació un aire marcadament menestralenc.

—Tu saps que el pobre pare, amoïnat amb el negoci no pensava en luxes ni guarnits— digué en Miquel a sa muller—. Jo desitjo que posis el pis a gust teu. Talla i cus, fes el que vulguis.

—Quant destinaves a gartar-hi? —preguntà la Mercè, somrient.

—Tres, quatre, cinc mil duros...

—Bé, gastem-n'hi mil per rentar la cara a les nostres habitacions... i dóna-me'n altres tants... per als pobres.

—Què vas a fer? ¿Que vols fundar un hospital? —exclamà aquell, a punt de riure.

—Deixa-ho córrer: potser, potser, no em duraran una anyada. Ja pots afegir al pressupost de *gastos* igual pensió cada any, amb la inscripció següent: «Egoisme».

En Miquel no capia. Donya Mercè, llegint-li-ho a la cara, se li repenjà al coll i, tot baixet, va dir-li:

—Vull que els pobres beneeixin sempre aquesta unió.

Un petó ple de tendresa segellà son front.

—Però ¿i les peces de respecte per a la gent de compliment? —féu, després, l'enamorat espòs.

—Oh! la gent de compliment faran pujar el *lacaio*, el rebrà el nostre criat, i, prenent la targeta, dirà que no hi som. Quan els del cotxe rebran la nova faran un salt de satisfacció... *e tutti contenti, tutti.* No et sembla així?... En canvi, les nostres sales de confiança estaran a disposició dels amics.

—Ets la meva mitja taronja! —exclamà en Miquel.

I...

—És la seva mitja taronja! —deia, amb enveja i tota consirosa, la Toneta, eixint d'aquella casa on havia sorprès, per indiscretes escletxes, ambdós esposos en col·loquis de lluna de mel, després d'haver conegut en Lluís—. Que dolç, que bonic ha de ser, estimar-se!... Dilluns? Quan serà dilluns?...

VI

El dilluns, aquell dilluns tan desitjat per la Toneta, finalment arribà.

L'Aurora, com ja no diria sinó algun retòric, descorregué, amb sos dits rosats, la cortina de la nit. El dia nasqué clar, serè com el front d'un àngel, plens, els espais, d'una marinada tan sonora que feia suportables fins els sorolls dels carros carregats de ferro. La Toneta trobava que feia sol de Corpus, que els aires duien olors de flors, que tot el que la voltava, menys aquella mota de cabells rebecs i aquell mirall clapat, responia a l'harmonia universal que ressonava en son cor.

Abans d'eixir, sobtà amb una abraçada estreta les filles de la Madrona i no va saber contenir un saltiró d'alegria. Baixà les escales com una pastorella, i en vuit minuts arribà al carrer d'En Roig.

Per tots els balcons voleiaven cortines, esborrant dels frontis el caràcter seriós de la pedra i cobrint-los com d'una escata prima, lleugera, amb què els aires jugaven. L'empedrat era regat i net; l'espai ple de refilets d'ocells. El cor de la Toneta alabatia més fortament com més anava atansant-se a la dispesa. En sos ulls flamejava una joia candorosa al mateix temps que vivísisma. Però, de sobte, en trepitjar el portal, sentí un cert tremolor que la privà de pujar serenament l'escala.

Davant la porta del pis, romangué una estona sense trucar, per refer-se; i, creient sentir, entre la remor de la casa, la veu d'en Lluís, s'enrogí tota i tornà a clavar-se l'agulla de picar al mocador gran, que s'havia ja desfet.

—Que acalorada que ve! —exclamà la dispesera en obrir-la.

—És que he arribat un xic de pressa. Tenia por de fer tard —respongué la noia amb l'agulla del mocador entre dents i la veu tremolosa.

—Tard! No, filla; si tot just acaben de tocar les set a ca l'Erasme!

I, dient això, la senyora Pepa féu passar la cosidora a la saleta del primer dia, la instal·là al mateix balcó posant-li la tauleta de cosir i el cistell de la feina davant, i, estrenyent els lligams de la cortina, que l'aire inflava i batia com vela de vaixell, eixí, ajustant la porta darrera seu.

Quan la Toneta es trobà sola, sentí peresa de treballar, les mans li van caure damunt la feina, que tenia a la falda, i, amb un aguller de fil entre les dents, passejà, emperesida, la mirada per la sala, ajaient el cap d'un cantó a l'altre, com un ocell, a cada remor que allí arribava de l'altra banda de la porta.

La sala de la dispesera era parada amb sofà i cadires de seient encoixinat, cobert per les conegudes fundes de color dubtós, una taula rodona amb el marbre sembrat de papers polsosos, i una consola de caoba; tot de l'estil indefinit que, fins llavors feia quinze anys, havien cultivat els nostres ebenistes a tot estrop. Penjava de les parets, folrades de paper rellistat, una col·lecció de litografies pintades representant les aventures d'Abd-el-Kader, i amagava la manca d'ordre de l'encara tufejant alcova una gran vidriera amb cortinetes de llustrina vermella. Damunt de les cadires jeien peces de cos de la senyora Pepa, i el mirall de la consola reproduïa el quinquer de petroli de peu alabastrí i pantalla de dibuix daurat sobre fons verd, posat entre dos canelobres i una copa de vidre argentat, on es retrataven, en menudes dimensions, els papers, raspalls i altres malendreços esbarriats damunt el blanc marbre.

La Toneta comparava tot allò amb el parament del seu niuet i ho trobava molt superior. Ho mirava com una semipropietat d'en Lluís, i apareixia a sos ulls voltat de certa aurèola que despertava simpatia i dava als objectes una distinció que estaven ben lluny de tenir.

En fixar-se en el mirall, no hi pogué fer més: s'aixecà de la cadira, i, de puntetes, anà a mirar-se, a passar-se la mà pels cabells, a establir la possible eurítmia en tots els penjolls amb què anava agençada.

La por d'ésser sorpresa no li deixà consumir

temps en aquesta operació. Ella mateixa no sabia explicar-se com es tornava tan presumida, i descontentadissa de sa bellesa.

—En fi, què hi farem? Això no es compra! —acabà per dir-se.

I agafà la feina i començà a treballar, sempre parant l'orella a qui passava per allí fora, i sentint sobresalts a cada *crec* que feia la porta amb el trontoll de la gent o pels corrents que movien les altres en obrir-se.

—Ara! —remugaven sos llavis, tot abaixant hipòcritament l'esguard a la feina. Però aviat es desfeia la il·lusió, i el temps anava passant gansoner com ell tot sol, i en Lluís, aquell que no gosava anomenar la Toneta, no compareixia. «¿Què n'havia tret de llevar-se tan de matí, d'haver-se atrafegat tant per comparèixer a la casa ben d'hora, si ell ho pagava amb tanta indiferència?» «Si molt convé encara dorm», pensava la Toneta. I arreu, amb la generositat d'una dona enamorada, afegia: «Que dormi, pobret: potser ha retirat tard».

Però el cas era que, en el menjador, la peça del costat, es sentia, com més anava, major enrenou de cadires, de culleretes dringant amb vidre, de veus d'homes, de criades, de la senyora Pepa, que grunyia, reia, renyava el servei; i la porta, aquella benaventurada porta, que un trist buf movia, no s'obria mai per dar pas a *l'estudiant eixerit*. Oh!, el pres absolt no espera pas amb major daler el dring-dring de les claus que han de dar-li la llibertat! I el pitjor era que ni una criada, ni la senyora Pepa, entraven per res allí dins. Potser, rodant la conversa, li parlarien d'ell, li dirien que dormia, que estudiava, que era fora, que estava malalt... qui sap!; però una cosa o altra que posés terme al desig, a la inquietud de vuit dies, al turment d'aquella soledat plena de remors inintel·ligibles, tan veïna de la companyia que la feia glatir! Tota aquella gent, que es removia a sis passes d'ella, era mestressa d'entrar i eixir amb llibertat de l'habitació d'en Lluís, que veurien indiferents; i ella, que tant desitjava veure'l, ella, que, si ho podem dir a mitja veu, «tant l'estimava», havia de romandre lligada i oprimida en el turment d'aquella cadira, que li semblava plena de punxes. La imatge de la parella Castellfort li venia a la memòria, li ballava pels ulls com a exemple digne d'imitar-se, i, al mateix temps, una basarda misteriosa la corprenia.

Un pensament l'assaltà: «¿I si eixia fora amb l'excusa de fer una pregunta qualsevol a la senyora Pepa? Casualment tenia entre dits una camisa tan malmesa que valia la pena de consultar l'adob que hi voldrien fer.»

—Just, just! —exclamà entre si.

I arreu, mig aixecada ja i tota roja, es repensà:

—No: esperaré que se'n vagin els estudiants que ara sento al menjador.

I tornà a caure a la cadira del turment, decantat el cos, parant orella, fins que les veus s'allunyaren i es sentí batre la porta del pis.

En obrir la de la saleta, guaità cautelosament, com si anés a escapar-se d'amagat, fins que, posseïda del dret que tenia de moure's, passà al menjador i cridà la dispesera. L'escarràs, que eixí de la cuina, l'acompanyà, per un corredor llarg, a trobar la senyora Pepa. A les veus que la demanaven, respongué aquesta, de dins de l'habitació ajustada que hi havia a l'extrem del passadís, pregant que l'esperessin un moment.

—És la Toneta, que la demana —digué la minyona.

I de seguida es sentí la veu d'en Lluís, que, del fons, feia, cridant:

—Toneta! Toneta! Vostè és aquí? Ja ens veurem, ja! Encara sóc al llit. Estic prenent la matinada. Entri, entri, que farem petar la claca.

—No se l'escolti pas, aquest borinot —cuità a dir la dispesera.

—Sí, sí, Toneta: ja pot entrar. Aquí dins mano jo.

I ella, la Toneta, escoltava amb el cor ple d'alegria, la rialla als llavis i als ulls, i totes les faccions esponjades, tremoloses, embotornades pel doll de goig que vessava son esperit. La senyora Pepa es donà manya a eixir per respondre a la consulta i privar l'estudiant de fer-ne alguna de les seves.

—És un gandul —exclamà mig rient—. Ara li estava raspallant la roba; perquè, si jo no ho fes, se la posaria tan tranquil amb la pols de vuit dies.

—Què hi farà! Són jovenets!

—Oh!, no ho faig pas pels altres! Fresca estaria!... Però, aquest, no sé què m'ha fet que em té el cor robat. És un plaga, és un plaga.

Convingut allò de la camisa, tornà la Toneta al balcó i reprengué la feina, tranquil·la i joiosa d'haver sentit l'estudiant. No calia sinó esperar un xic i el tindria davant seu. Els ocells del carrer es rebentaven a refilar; de tots cantons es sentien veus femenines cantant cobles i valsos alegres; ella no podia restar muda en aquell cor universal de primavera, quan tan plena de goig es sentia... i cantà també.

Per fi, a migdia, és a dir, tres hores, tres segles després d'haver-lo sentit des del corredor, s'obrí la porta i entrà en Lluís, tot escabellat, sense armilla, amb el coll del jaqué dret i el pit mal botonat, com qui no s'ha vestit encara. En entrar, la Toneta abaixà altra volta la vista a la feina, fingint un ensurt de sorpresa en veure, entre l'agulla i sos ulls, la fina mà d'en Lluís convidant-la a encaixar en el major silenci.

—Ai!, quin espant que m'ha dat!... ¿Fins ara, no es lleva? —féu de seguida, aixecant els ulls tendrament i abandonant-li la mà, una mà freda.

—¿A quina hora se'n va anar al llit, vostè, ahir?

—A les deu.

—Doncs jo m'hi he ficat a les cinc.

—Pobret!

—Que se'n riu? A les cinc: per estudiar... estudiant sempre... és a dir, sempre: mentre m'he pogut treure a vostè del pensament.

—Bo!, ja hi som? Pobra de mi! —exclamà la Toneta trencant nerviosament el fil amb les dents i tornant-se roja.

—És a dir que no ho vol creure? Mireu que és gran, la desgràcia meva! Ningú no em vol pendre en *sèrio!* L'han dada que sempre estic de broma, i em moriré que encara diran: «No en facin cas: és una brometa.» Jo sí que he tret la grossa!, en bona fe! Vaja, doncs, ara ha de saber que des de l'altre dia no me l'he treta del pensament; que l'he somiada, que he rondat per aquests carrers desitjós de veure-la; que m'ha semblat una centúria el temps passat fins avui... I no ho creureà, no ho creurà: veritat?

En una rialla estrident de la Toneta es van fondre el dubte i la joia que la dominaven. Mentida o veritat, aquelles paraules l'afalagaven, li omplien el cor. Però seguint la conducta de son sexe, cregué que era encara hora d'escorcollar, de fingir-se indiferent i descreguda, per obrir aquell sumari a què subjecten totes les dones llurs enamorats fins que creuen obtinguda prova plena. Escoltava, recollia totes les paraules; es fixava en totes les inflexions de veu, en el curs de totes les mirades; caçava al vol la mentida i la veritat, notava i assentava en sa memòria les contradiccions, i, valent-se de respostes intencionades, anava arrencant noves confessions i enardint, a poc a poquet, el destre galant, portant-lo més enllà del que ell es proposava.

Diem del que ell es proposava perquè allò,

per a en Lluís, no era sinó un joc, una diversió entretinguda, una escaramussa més d'amor, de les moltes que es buscava constantment. Ja mestre en elles, tenia la seva tàctica, que posava en joc sempre de la mateixa manera.

Primer dia: indiferència respectuosa i amable.

Dia segon: declaració, sospirs, planys d'ésser mal comprès, aires de tristesa, d'avorriment de la vida.

Més endavant: subjecció completa, timidesa o atreviment ,segons el geni i els desigs de la noia, que ell ja havia pogut conèixer.

A totes hores, sempre: reserva i dissimulació davant dels altres.

Aquesta conducta, discretament i rigorosament aplicada, li havia produït excel·lents efectes en totes les conquestes que havia volgut conquistar, que és com si diguéssim en totes les dones amb qui havia lluitat fins llavors. Com que totes elles jugaven la mateixa farsa que ell, i si no cedien a les primeres maniobres era tan sols per dar major interès i més duració a la jugada; com que totes elles es reien pla bé de les trampes que descobrien en el joc i tenien prou compte a passar-les per alt a fi de no esquivar el jugador; com que totes elles, si presentaven diferències de geni i gustos, reunien, però, els caràcters d'homogeneïtat que té tota una família, tota una nissaga; no era gens estrany que la mateixa tàctica escaigués bé a totes i produís, no obstant, diferent efecte en aquella cosidora que, molt lluny d'ésser coqueta, venia revestida de la serietat i desconfiances que porta en si l'amor naixent.

En Lluís es trobava ara davant d'una ànima noble, severa, dotada d'inesperades resistències que li desgavellaven el pla com si fos un castell de cartes, alhora que li ferien l'amor propi i li despertaven tot l'interès d'una lluita entestada.

Fora d'ella, no sentia el rosec de l'amor, es mig reia fins de les peripècies passades; però, al bo de la lluita, s'enardia com a noi que era, l'afany de triomf l'embriagava, i una delicadesa del pudor o una reconvenció ingènua de l'amor l'entusiasmaven fins al deliri, el feien estimar de veres, li arrencaven protestes i juraments que el comprometien. Tothom hauria cregut, en aquells moments, que estimaba amb passió, i era cert; però només en aquells moments.

VII

Feia tres dies que en Lluís no eixia del dormitori sinó cap al tard per pujar-se'n al terrat a aprofitar les darreres llums del sol estudiant els fats capítols del Golmayo, que no s'havia mirat en tot el curs. Veritat és que, per a aquell estudiant, el curs s'encloïa en un mes, el mes de maig, que era el que corria. Durant ell, feia fart de llop, estudiava catorze o quinze hores diàries; i, gràcies a sa privilegiada memòria, que, ajudada de fàcil comprensió i una atenció infrangible, feia miracles, arribava a l'examen tan ben preparat com el més lluït de sos condeixebles. Certament que, passats tres mesos, ja no es recordava del que havia après; però havia sortit amb lluïment del compromís, i, en tornar a Ripoll, podia presentar a la seva mare una llista de brillants notes, que feien entendrir la pobra vídua, després d'haver arrencat també alguna llàgrima d'admiració a la senyora Pepa. «Vaja, que aquell xicot era una espurna, un estornell que valia tots els diners del món: de segur que, un cop acabada la carrera, faria tronar i ploure.»

Tal era l'opinió de molta gent, i sobretot de la bona dispesera, la qual, ara, a mitja nit, dipositant damunt la taula d'en Lluís, al costat del seu llibre, una copa de llet, s'exclamava així:

—¿Sap, don Lluïset, que em fa pena, tant d'estudiar? Vostè s'hi amagreix tot, i això no val res: de primer és la salut. Sempre he sentit a dir que l'estudiar massa fa tornar ètics molts joves.

—Qui em farà tornar ètic són vostè i la Toneta no volent-me dir on viu aquesta noia.

—Vaja, home, no sigui boig! Ara em vol fer creure que un senyoret com vostè s'enamorarà de debò d'una pobra cosidora, òrfena de pare i mare per més senyes!

—Què diu? Òrfena, és? Pobra xicota!

—I no ho sabia!

—Raó de més, perquè ella m'interessi i em guanyi el cor.

La dispesera agafà una cadira i es va asseure davant per davant d'en Lluís amb aquell aire de les persones fatigades de debò. L'estudiant, remenant la copa amb la cullereta, seguia garlant així:

—Senyora Pepa, vostè ja sap com sóc fet: sóc enamoradís, tinc massa bon cor, i, cregui-ho, el que em passa amb la Toneta mai no m'havia passat amb cap noia. He començat per broma, i, al segon dia de veure-la, m'ha sabut apagar tan bé els focs de salva, que a l'hora d'anar-se'n, abans d'ahir, ja em sentia dominat, transformat: li deia que l'estimava amb veu tremolosa, perquè em sentia glatir el cor i pujar les paraules impregnades de sentiment, temoroses, tímides, com diu que són les del veritable amor.

—Quin comediant! Quin elet! Pobra noia, si se l'escolta! Per bé d'ella i en bé de vostè mateix (perquè no vull proporcionar-li remordiments que ben segur tindria més o *menos* tard), diré a la Toneta que no torni més: no la tindré més a cosir.

—Però vostè em dirà on viu.

—De cap de les maneres. Encara que volgués no podria, perquè no ho sé.

—Això és el que m'està repetint ja fa dos dies. Però ja sap que no la crec.

I de seguida, l'estudiant, amb un tros de llonguet entre dents, còmicament agenollat als peus de la dispesera i amb veu melodramàtica, exclamà:

—Àngel caigut del cel, divinitat, *prenda* del cor, senyora dels meus... dels meus pensaments: jo us ho demano als vostres peus rendit: on viu, on viu, l'amoreta meva?

—Vaja, plaga de la parròquia!, no em faci riure! —féu la dispesera apartant la cadira i aixecant-se'n com si la n'expel·lís una molla.

—Ah!, no vol dir-m'ho! —prosseguí l'estudiant aixecant-se al mateix temps i fingint un posat seriós—. Doncs bé: jo estic resolt a saber-ho, i no vull esperar a dilluns, que, trencant la seva prohibició, podria seguir-la i *averiguar-*

ho. No: estic resolt a saber-ho ara, ara mateix. Ara, m'ho diu o n'hi faig una de grossa: crido els companys, que encara no són al llit, i tots plegats la culem, la passegem ajaguda per tota la casa, cerilles a la mà i cantant el gorigori, perquè ho vegin les criades, perquè se n'*enteri* tota la casa, tot el veïnat, tot el carrer! Apa, *maca!*

—Vostè no és capaç... —féu la dispesera, mig espantada.

—Jo sóc capaç de tot.

—*Menos* d'una mala acció com aquesta.

—Fora bromes, senyora Pepa. Ja fa dos dies que no aprenc ni una ratlla: tinc la Toneta clavada al pensament. L'he de veure. No jugo amb ella, com amb les altres: li asseguro que n'estic enamorat. Digui'm on viu.

—Li juro i rejuro que no ho sé. Ha vingut a casa per recomanació i *conducto* d'una desconeguda que vaig trobar a la plaça. Se'm va acostar, em va preguntar si em mancava cosidora, li vaig dir que sí, i me la va fer venir a casa perquè jo la provés.

—Doncs, com sap que és òrfena?

—Perquè ella m'ho va dir.

—No diguem mentides... perquè crido els companys i vostè va en l'aire.

—Tan cert com que aquest llum crema.

—Aquest llum fa molt mala cara.

—Vaja, don Lluïset: paraula d'honor.

—Què entén, per honor?

—L'hi dic com si em confessés: no ho se.

Posi's *sèrio,* una vegada a la vida; i, si no, no es planyi de no ser mai cregut.

—Doncs bé: passo per això, a condició que vostè... (escolti'm bé)... vostè farà passos i darà veus per saber-ho, sens perjudici que ara, aquí, em darà paraula de no desfer-se d'ella, com es proposava no fa gaire.

—Doni-me'n vostè de no abusar de la innocència, de la bondat, de la candidesa de la noia.

—Vostè m'insulta, senyora *patrona!*

—Res d'això. Vull dir que no me l'entabani, pobreta!... Una noia, amb paraules d'amor com vostè sap dir, hi cau tan aviat!

—Paraula que jo no la forçaré a estimar-me.

—¿Que no li tirarà floretes, que no li farà comèdies?

—Que no li tiraré floretes? Demani al sol que no escalfi. Que no li faré comèdies? Paraula, paraula i paraula: aquí en té tres. ¿Les vol per escrit?

—Doncs paraula que no la trauré.

En Lluís va beure's d'un glop tota la copa de llet, i, eixugant-se el mostatxo amb moviments oposats de mocador, féu:

—I bona nit, senyora Pepa; que encara tinc d'aprendre la *disciplina vigente sobre el nombramiento de coadjutores.*

—Jesús, Maria, Josep! Quins disbarats els fan aprendre, a la Universitat!

I en Lluís sentí que, al compàs del feble dringar de plat i copa, la dispesera, tot allunyantse, remugava pel fosc corredor la paraula *conconjugadores.*

VIII

A les vuit del matí del dilluns següent, asseguda altra volta la Toneta en el conegut balcó de la dispesa, tenia ja a son costat l'estudiant, que, amb el cap moix i cot damunt del vetllador, escurçant maquinalment a petites estisorades un tros de veta, li jurava i perjurava que sentia per ella una atracció seriosa, irresistible.

—Doncs agafi els llibres i vagi-se'n a estudiar —exclamà la Toneta procurant dar a sa veu tota la tranquil·litat possible.

—Això vol dir que...

—Vol dir que, si fos cert el que vostè suposa, hauria de seguir el meu consell; perquè... ni jo puc picar tan alt, ni vostè mirar tan baix.

—L'amor no té categories, Toneta.

—Pobra de mi si així ho pensés!

—Vostè creu impossible...?

—Parlem d'una altra cosa, si és servit.

—A vostè li han dit mal de mi!

—Res d'això. Fora d'aquesta casa no conec ningú que em pugui parlar de vostè, i els d'aquí ja sap en quin concepte el tenen.

—En tenen un concepte fals, Toneta. Per a ells sóc un baliga-balaga, incapaç de prendre res en *sèrio*.

—No ho crec pas. La senyora Pepa el té per alegre i distret, com cal a l'edat de vostè: el compara a una *papallona;* però al mateix temps confessa que li té el cor robat. Per alguna cosa bona serà.

—Si em creu tan bo, ¿per què no em vol dir on viu vostè?

—Si no crec que ho sàpiga: ¿com vol que l'hi digui? I, fora d'això, li he de repetir que no tracti de saber-ho, que no es proposi pas seguir-me ni aturar-me en públic, ni passejar-me el carrer, si no vol que deixi de mirar-li la cara per sempre més. Serà una aprensió, serà una tossuderia, com diu vostè; serà el que vulgui; però és una resolució meva. Tinc motius molt *sèrios* per a prendre-la, i vostè l'ha de respectar. Què li costa? Què en trauria?

I, en dir això, amb l'agulla de cosir sota la roba, i aquesta mig doblegada i tibant, traçà nerviosament el doblec d'una vora a dret fil, com si trobés complaença a fer una llarga esgarrinxada a la blanca tela. En Lluís s'havia tret una llapidera, i, dibuixant-se no sabia què a l'ungla del dit gros, callava. La Toneta començà a embastar la vora. Enmig del silenci que regnava, arribaven a dalt, clars i propers, tots els sorolls, tot el traüt del carrer d'En Roig, sense que per això aconseguissin trencar el recolliment d'aquells dos esperits. El cor els glatia desaforat; la pensa els bullia brollant idees, que deixava escapar, una darrera l'altra, com corren les boires al buf del vent. De sobte, en Lluís, amb veu enèrgica, preguntà:

—Vol una prova?

—De què? —saltà la Toneta, tremolant.

—Fora papereries. Toneta: jo l'estimo; vostè m'estima. Les grans felicitats són les temudes... Vostè tem... Jo temeria, també, si no em sentís, aquí dins, un foc que em dóna força, que m'aixeca, que em fa home per primera vegada; però home resolt, ferm i ardit per a salvar-ho tot, per a guanyar-ho tot.

La Toneta es posà com una brasa, el mirà, sorpresa, de fit a fit, i, de sobte, envaïda d'estrany dolor, deixà caure de les mans la feina per apoderar-se del mocador i amb ell amagar-se la cara i tapar-se ben fort la boca per ofegar-se el sanglot.

—Vostè plora, Toneta... —féu l'estudiant, més enardit cada volta i agafant-la amorosament pel braç. La cosidora sacsejà el colze, i, aixecant-se, entrà a la sala, deixant-se lliscar per la paret, fins a caure a la cadira més pròxima—. Sí, Toneta: plora, plora a doll!... Obre'm el pit... desfoga el cor! —I amb veu suau, emmelada, però trencada pel sentiment, afegia, quasi a cau d'orella—: Jo t'estimo, t'estimo amb tota l'ànima; com tu, sí, com tu. ¿En vols una prova? Demana-me-la. Dilluns ja no em veuràs: aquesta setmana me'n tinc d'anar. Vols una prova? Demana-la ara. Dilluns ja no podràs, i davant teu hi ha tot un estiu de dubtes, de turments. Davant meu, no; perquè jo ho conec, perquè t'ho he llegit als ulls, perquè m'ho diuen tes llàgrimes... perquè jo veig que ets un àngel incapaç de fingir. Tu, tu, que m'has vist jugar fins avui, potser encara dubtes; potser no en tens prou, amb el foc de les paraules que em surten flamejant del cor, amb la cremor, que no podries aguantar, d'aquestes mans. Té, toca.

I posà honestament el revers de la seva mà frec a frec de la mà amb què ella es premia el mocador contra els ulls.

—Sí, Toneta, una prova: estic disposat a darte la que vulguis. Demana'm una prova gran, ben gran. Tot ho faré.

La Toneta es plantà de peu dret, imponent com una estàtua, i, signant-li la porta, amb veu ronca i resolta al mateix temps, va dir:

—Una prova? Doncs surti en aquest moment d'aquí i no hi torni a entrar d'avui.

—Oh!, massa, massa!...

—Ni una paraula més —replicà la cosidora sense perdre el posat sever i imponent, ni en rebre el bes que des de la porta li tirà l'afligit estudiant abans de tancar-la amb estrèpit darrera seu.

En Lluís arribà a la seva cambra sense esma, vençut, esclavitzat. D'un bot es deixà caure damunt del llit, i, girant-se boca avall, la vista enterbolida, les mans al front cremós, va romandre mitja hora sense poder coordinar ni una idea.

Per sa part, la Toneta, eixutes les llàgrimes i creient-se ja refeta, va tornar a asseure's al balcó i reprengué la feina per dissimular; però l'agulla no corria, li queia desmaiada dels dits, i, profundament remoguda pel que havia passat, endebades procurava fer el cor fort i ofegar el sentiment. La retirada d'en Lluís l'afalagava i l'esporuguia alhora: l'afalagava perquè hi veia un sacrifici que era una revelació, una prova manifesta d'amor; l'esporguia per tal com l'amor de l'estudiant no li podia portar sinó perills i disgustos, com ja havia indicat a ell mateix. En dues setmanes, el sentiment de simpatia que despertà la primera entrevista, esperonat per la privació d'un contacte freqüent, exaltat per les il·lusions que la imaginació congria en els caràcters apassionats, encès i més encès per les dificultats que ella veia, en perspectiva, redreçar-se temeràries i tossudes contra la unió de dos cors que li semblaven nascuts l'un per a l'altre, s'havia convertit en desig turmentós de reveure l'estudiant, el desig en necessitat, i aquesta necessitat en amor incipient, però amor en fi. Posada nit i dia en turment, a voltes el cor li aflacava, sentia l'abatiment de les grans crisis, i llavors, recobrant l'enteniment son domini, li mostrava la impossibilitat de la unió somiada, acabant per fer-li brollar dels llavis una rialleta irònica, damnadora de sos deliris passats. Però, darrera la reflexió, venia la fantasia oferint armes destructores amb les quals la victòria era segura, la imaginació circumdava de resplendent aurèola l'ésser amat, el desig, dant-se aires d'expert, prometia serenitat i fermesa per a mantenir-se a la ratlla deguda, i el cor, banyant-se en aigua de roses, tornava a assaborir amb deliqui les fruïcions de l'amor. Escenes d'amor sorpreses entre donya Mercè i son marit li removien l'ànima amb certa gelosia. Ella sabia el desnivell de fortuna que hi havia entre marit i muller, i s'enriolava en pensar que de casaments consemblants se'n fan cada dia.

Si pensava això, l'envaïa una esperança dolça com la llum de l'alba.

Volent i dolent així, havia tornat a la dispesa i esperat la tercera entrevista amb l'estudiant. Desconfiant encara de les declaracions del segon dia, s'enganyava a si mateixa suposant que tot allò no era sinó un simulacre divertit, gens perillós per a un i altre; que el turment passat a casa seva era un desvari de la imaginació que res com la realitat dels fets aplacaria tan fàcilment. «En Lluís era prou viu per a no encapritxar-se per una noia de tan humil llinatge, i ella, fredament pensant, no podia somiar ésser d'en Lluís. Què témer, doncs?»

Però quan l'estudiant es presentà sotmès i enamorat, quan ella va veure que s'enardia i arravatava fins a desafiar-la que li exigís proves heroiques, quan li semblà oir els accents de l'amor, tan gruat, es va sentir al cor un llampec d'extraordinària joia, a sa llum veié tot d'una la timba a què anava a abocar-se, i, esgarrifada del perill, tractà de salvar-se allunyant l'estudiant. «Darrera d'ell, havia d'eixir ella per no trepitjar mai més aquella casa.»

Tal fou el primer impuls de la noia; però

les forces li mancaren, la corprengué el temor de sembrar sospites ofensives a l'honesta conducta d'en Lluís, i àdhuc no trigà a sentir-se envaïda d'una certa compassió per ell, que es presentava disfressada de remordiment fundat. «Al cap i a la fi, el pobre xicot, ¿què li havia fet per a treure-se'l de davant d'aquella manera?... ¿Quin motiu tenia per a dubtar de les seves intencions?... ¿Qui podia provar-li l'absoluta impossibilitat del casament amb ell, tenint i tot en compte el desnivell de posició?... Un amor pur, un amor gran, un caràcter noble i sencer, ¿no podrien unir-los, com el matrimoni de can Castellfort?... Encara que fos reina, ¿no estaria ella disposada a lluitar fins a la mort per aconseguir aquella unió? Oh, i tal! Ves si no ho faria!, ves si no daria tron i corona i tot per l'amor que la corsecava! I doncs? ¿No era una ofensa, no era una injúria, suposar altre d'en Lluís?»

I, en arribar aquí de ses anguniooses reflexions, sentí esgarrinxar l'enrajolat. Un paper havia entrat com sageta per sota la porta. El cor li féu un salt, s'aixecà corrents i plegà el paper. Era una carta. «Oh maleïda ignorància! No sabia llegir!»

No coneixia sinó la primera plana de les beceroles, les lletres majúscules.

I, així i tot, desclogué la carta i l'estengué davant seu, clavant-li els ulls, fent-los córrer amb neguit de ratlla en ratlla, com si esperés una miraculosa infusió de saber.

Al peu de les ratlles llargues, veia en jeroglífic, més petit i fàcil, la firma, que, per estranya intuïció, desxifrava. «Sí: allò era una *Ll*, la lletra amb què començava el nom d'en Lluís! Una *Ll* que parlava. Els pals prims i decantats li venien a ésser com dues canyes que xiulaven al buf del vent, produint un so molt semblant al de tot el nom *Lluís*. I, després, la *í*, punxeguda, amb l'accent pesant-li sobre, i la *s* final voleiant com ròssec ondulant per l'aire, acabaven de dar-li la clau d'aquell jeroglífic. Oh, sí!, allò deia *Lluís*. Ho hauria llegit fins en les taques de la lluna: no li calien les beceroles per a entendre-ho. *Llu... ís...*, *Llu... ís*: la mateixa llengua ho deia; el mateix paper ho havia pronunciat en passar per sota la porta. Però, fora d'aquí, res: fileres de fistons de tinta recargolats, enrevessats, prims com sobrefils negres d'una aprenenta que no sap tenir l'agulla. De segur que en ells hi havia les paraules *amor, llàgrimes, juraments;* crits de l'ànima que ella sospitava, que li brunzien a l'orella. Oh maleïda ignorància, que d'un tresor en feia un turment! Res, res més que la firma *Llu... ís* aconseguia llegir! I ¿a qui faria confident d'aquell secret? ¿A qui lliuraria aquell paper, sense revelar l'amor del seu cor? Com confessaria al mateix Lluís una ignorància tan vergonyosa, que, per si sola, empetitiria l'objecte estimat d'una manera deplorable, cruel! I com podria viure, sense saber el que allò deia! Potser la desesperació, el despit, hi havien dictat condicions, que, si no eren acceptades, produirien un atemptat, un suïcidi, tal volta!»

Aquest pensament la foragità de la cadira, i, arrugat el paper d'una grapada, va córrer, fora de si, cap a la porta, sense pla ni idea del que anava a fer, quan, en obrir-ne una fulla, veu allà, a l'extrem del corredor, guaitant per la de sa cambra, en Lluís en actitud interrogant. La Toneta es sentí descarregada d'un gran pes, i amb el cap i la mà cridà el senyor de son cor. Aquest hi volà rabent, com entra l'oronell al niu.

La cosidora estava caiguda en una cadira, amb els braços penjants i son coll de colom corbat al pes del cap, que el respatller li apuntalava. Amb una mà estrenyia encara la carta, i amb l'altra el mocador, i de sos ulls rodolaven cara avall llàgrimes i llàgrimes.

—Sí, sóc teva, Lluís, sóc teva: no puc lluitar més, no puc amagar-ho més: em falten forces.. Sóc pobra, no em voldràs: mata'm, trosseja'm; però t'estimo, t'estimo i...

—Ah, sí, sí!, és el que jo volia sentir de tos llavis! —exclamà en Lluís ajaient-li el sedós capet... en l'amorós niu que formava son braç esquerre, i menant-lo, amb aquest, cap al seu cor—. Sí, Toneta meva, sí —afegí reproduint els conceptes de la carta, sense ni sospitar que no hagués estat llegida—: resolt estava a complir el teu manament; però, abans d'anar-me'n, de passar tres mesos de turments i d'angúnies, volia sentir dels teus llavis aquesta confessió consoladora.

—Oh, no!, no te'n vagis, Lluís! Ja és inútil callar: jo t'estimo, t'estimo! No puc amagart'ho. No puc més!... Ai!, ai del meu cor, si tu m'abandones!

I, en dir això, els llavis li van caure involuntàriament a la tremolosa mà d'en Lluís, i els d'aquest van clavar-se al front cremós de la donzella. Per les venes d'un i altre serpejà una alenada fresca, enervant.

—És per la meva mare, que tinc d'anar-me'n —féu l'estudiant.

—La teva mare t'ha tingut tota la vida... Però, no: vés-hi, vés-hi... *Ditxosa* ella!... *Ditxós* tu, que tens mare!

La Toneta abaixà el cap per plorar més lliurement.

—Oh!, no ploris, no ploris, que em fas mal! —exclamà el jove, lluitant per aixecar-li el cap, entendrit de debò.

—I bé —féu la cosidora, de sobte i eixugant-se les llàgrimes—: no m'oposo que te'n vagis a casa. Però no m'oferies una prova? Doncs vuit dies més o *menos* no han de fer infeliç la teva mare, si tu saps trobar una bona excusa... No te'n vagis fins la setmana entrant. Tindrem un dia més: dilluns podrem tornar a veure'ns.

I pronuncià aquest prec amb accent de passió i abraçant tendrament en Lluís per la cintura.

—Oh!, la gran prova! Ves quin sacrifici em demanes! —exclamà en Lluís, somrient i amanyagant-li els cabells sobre el front—. Sí, dona: concedit... Però d'això no en diguis prova ni sacrifici.

Les mans d'ambdós van ajuntar-se estretament com per celebrar l'arribada de la pau que començava a clarejar en llurs cors; i, canviant una llarga mirada plena de passió, la Toneta s'aixecà i corregué a reprendre la tasca per evitar-se una sorpresa fins llavors no temuda.

IX

Ja llest dels exàmens (era el dijous), en Lluís va escriure a sa mare fent-li saber totes les notes obtingudes, menys la corresponent al Dret canònic, del qual suposava que no s'examinaria fins la setmana següent per haver-se indisposat casualment el catedràtic.

«L'endemà dels exàmens —afegia— faré les poques visites de comiat que vostè m'encarrega, i el dia següent tindré el gust d'emprendre el camí de casa i abraçar-la. Aquest retard imprevist haurà augmentat la llista de les meves petites despeses, de manera que no arribaran a cobrir-la els diners que darrerament m'envià: així és que, si a vostè li sembla, demanaré als senyors Jofre, Bellpuig i Companyia uns dotze duros més per no deixar cap deute i anar més proveït pel camí. Desitjaria tenir resposta abans del dilluns.»

La resposta fou la següent:

«Quant als dotze duros, pots demanar-los als senyors Jofre, Bellpuig i Companyia, i major quantitat i tot, si et cal per a no deixar comptes pendents; encara que jo creia que te n'havien de sobrar dels que vaig enviar-te per la Teresona, perquè vaig tirar llarg comptant imprevisions que podien sobrevenir, que sempre a darrera hora en sobrevenen. Però et recomano que tinguis seny, perquè la collita no es presenta gaire bé i ens cal anar amb peus de plom; que, si no fos així, jo premiaria la teva aplicació a proporció dels grans desigs de la teva mare, que et beneeix i espera amb ànsia el moment d'abraçar-te,

Maria Fortuny, vídua d'Oliveras.»

En havent llegit la carta, en Lluís es refregà les mans amb alegria, repassà de cor els comptes que havia fet dies enrera, i corregué més que de pressa, a cobrar no dotze, sinó setze duros, a casa els senyors Jofre, Bellpuig i Companyia. «A més a més del retrat, podria deixar una petita memòria a la Toneta: un anell, per exemple. La pobra xicota s'ho ben mereixia: l'estimava tant!»

—M'estima tant! —repetia interiorment—. I ara vegeu com s'ha enamorat de mi! ¿Què li he dat? Què li he fet? Pobra mossa! Si sabés que la fuga a mi no em dura sinó un moment: quan la tinc al davant, quan la veig tan tristota o arravatada com l'altre dia! Oh!, aleshores sí: el cor em bat, el meu esperit es soldaria amb el seu! Si és tan *maca,* amb els ulls baixos! Si és tan *guapa,* tan majestuosa, quan *s'enfada!* Caldria un cor de roca, per a no enamorar-se'n en aquells moments! I jo, que sempre he tingut aqueixa flaca per les dones sentimentals i per les *sèries,* per aquelles que arruguen les entrecelles com un home, i us repten, amb el braç estirat, com una Norma, a l'imposar-vos els seus capritxos! Tot això ho reuneix ella. Si jo fos capaç de fixar-me en alguna dona, seria ella i ningú més. Ho conec: m'atreu, m'encisa. No vull jugar-hi, no he de jugar-hi: s'interessa de debò, i és una pobra, una òrfena... Jo mateix seria capaç d'encapritxar-m'hi formalment, i no convé, no convé: no hi hauria poc rebombori, a casa! Ja he fet mal de quedar-me aquesta setmana. Però, ¿qui no es queda, quan ho demanen d'aquella manera i en aquells moments que jo estava tan afectat! Que *hermosa* que estava!... Ca!, ca! Li daré el *retrato,* li regalaré l'anell, es quedarà d'allò més contenta per uns quants dies, i des de Ripoll, per cartes, procuraré desencantar-la, curar-la, a poc a poc. Tenint-la al davant no ho sabria fer... Potser la senyora Pepa, que no està mai contenta de com la serveixen, se n'haurà cansat també mentre seré a fora, la desil·lusionarà, i, quan jo torni, tot això d'ara no haurà estat sinó un capítol més dels molts capítols divertits que podrien contenir les meves memòries d'estudiant. Ja em dol, ja, una xicota que val tant, que m'estimaria, que m'estimaria de debò!

I donà fi a les seves reflexions mossegant-se els llavis, rodant el cap i deixant perdre per l'espai una mirada amb la qual semblava dar l'adéu a tot un vol de fugitius plaers.

Abaixant l'esguard, veié llavors una placa ovalada, de llautó, penjada al caire d'un portal, que amb lletres esmaltades deia: «Jofre, Bellpuig i Companyia». Donà dues passes, i, empenyent, al mig d'un cancell semihexagonal on el rètol es repetia gravat en grans ovals de vidre, una porta, en obrir-se la qual ressonava un gran cop de timbre argentí, s'internà pel llarg i quiet magatzem per veure el seu *caixer,* que deia ell.

X

A casa la senyora Pepa ja no hi quedaven sinó dos estudiants: en Lluís i en Tomàs Llassada. Tots els altres, examinats ja, s'havien escampat pels pobles a passar les vagues en família.

La senyora Pepa començava a respirar com si també s'hagués examinat; i, de no saber com trobar temps per a anar a missa i visitar les seves relacions, entrava en una temporada de dies folgats, esplèndids, que li deixaven temps per a tot, i fins hores i hores per a dormir més del que desitjava.

Per a gaudir-se de tan venturosa situació no li mancava sinó una cosa: fer l'última gran bugada, rentar i passar els grans farcells de llençols i roba de taula que havien deixat bruts els estudiants ja absents, «I això ho començaria demà, s'hi posarien totes tres (les dues criades i ella), i per tot dimecres no se'n cantaria ja gall ni gallina. Bé podia, doncs, avui, diumenge, aprofitar la tarda, com a pròleg de sa vida descansada, anant, amb les del sastre del primer pis, a passar unes quantes hores a la torre que tenien a la muntanya de Montjuïc, prop de *Vista-alegre*. El senyoret Tomàs ja havia eixit, com de costum, cap als billars del cafè de França; donaria permís a les dues criades perquè anessin per a les seves; i si en Lluís volia acompanyar-la, com era de creure, no fos sinó per bromejar amb la Sofia, tancaria el pis amb el pany de combinació i se n'iria descansada.»

Dit i fet: les criades van eixir botant per les escales com si sortissin de costura, amb els mocadors volant amunt, garlant alegrement sense entendre's; i la senyora Pepa, un cop vestida, entrà a la cambra d'en Lluís. No trobantlo a la saleta, que d'un cop d'ull es dominava tota, el cercà dins de l'alcova, «on, ben segur, el trobaria damunt del llit». Tampoc no hi era! «On *diablis* s'havia ficat, *la Papallona?*» El balcó era obert de bat a bat, i, a tocar, hi havia dues cadires, amb un llibre obert damunt d'una d'elles; però l'estudiant no es veia ni en forat ni en finestra. De sobte es sentí la veu d'en Lluís, propera, com la d'un fantasma invisible. La senyora Pepa, travessant pel mig de les dues cadires, sortí al balcó, i sorprengué l'estudiant perillosament repenjat en un angle de la barana perquè la Sumpteta, una modisteta del costat, pogués lligar-li a la punta del bastó un magnífic clavell. La dispesera tingué la discreció d'enretirar-se (estranya discreció, que s'explica dient que estaven barallades), i, amagada al brancal del balcó, estirà en Lluís pels faldons del jaqué.

—Sí que vindré, sí —digué en Lluís—. M'alegro que m'hagi cridat, perquè la Sumpseta, amb les seves postures, ja em començava a cansar.

—Si vostè no sé com és: amb totes fa broma. ¿Que no veu que és la xicota més fastigosa del veïnat? Ella i sa mare, quan surten al carrer, semblen dos galls farcits, amb un urc que gasten, que Déu les faci bones.

—Bé, sí; però té quinze anys...

—Més de divuit.

—Té un bon pamet de cara, i per a passar-hi una estona...

—Anem, anem: no s'*empleï* tan malament. Vostè, que és tan maquet, pot trobar coses *mellors,* home.

—Vostè em fa l'amor, senyora Pepa!

—Vaja, boget! Jo, pobra de mi, ja he fet a tots; però he de dir el que hi conec: ja ho sap... Vaja, ja es dóna per arreglat? Posi's una mica més decantat el bolet, home. ¿I aquest nus de la corbata? Vingui, home, vingui, que l'hi faré *mellor.* No sap presumir... *Axins,* ben estiradet. Ara un cop d'espolsadors a les botes. Ja té sort que, com diu el *ditxo,* «la catedral no necessita *adornos*».

La senyora Pepa, que anava endiumenjada amb el seu vestit de llaneta de color de cendra i sac del mateix, tot ple d'arrufats i guarniments d'entredosos i biaixos ribetejats de negre, un llaç morat, i gros com una monya de *toro,* al pit, i al cap un mantó flamant de granadina i punt, no volia que el jove la deslluís, ni que la deixadesa d'aquest recaigués sobre ella.

Barrada la porta, ambdós baixaren al pis primer, d'on eixiren aviat en companyia de tota la família del sastre, distribuïts en tres seccions. En Lluís anava davant amb la Sofia i sa germana Merceneta, una i altra vestides d'indianes clares, llampants i de tall extremadament estret, un pomell de flors al nus del mantonet d'il·lusió, i una cinta cirera enrotllada al *monyo,* nuada com a floc al cim del cap. Seguia després el pare, el senyor Vernet, amb vestit d'estiu, de color torrat, nou, planxat, sense una arruga; el cap ben dret, cobert amb barret de palla; un cigar a la boca i un nen a cada mà: l'un encara amb faldilletes, i l'altre vestit de figurí de primera comunió. Tancaven la comitiva, feixugues com dues oques, tirat enrera el cos i ventant-se arran del pit, les mans separades de la cintura, la senyora Pepa i la sastressa. Les noies anaven rient del que deia en Lluís, bellugaven el cap com colomets, vinclaven el cos, remenaven, i cercaven amb els ventalls poses rebuscades, actituds de figurí. Els pares i la senyora Pepa duien aire marcial, posa de senyor-per-força a passeig. Tothom hauria dit que anaven al Parc. La consigna era eixir de la ciutat per la porta de Santa Madrona a fi d'estalviar-se tota la pols possible, i així anaren avançant cap als carrers d'En Guàrdia i de Montserrat.

En aquest carrer, dins la botiga del fuster de davant, com cada festa, passaven la tarda jugant a la bescambrilla, assegudes en cadiretes al voltant d'un escambell cobert amb un mocador de llana, la fustera, la Madrona, ses filles i la Toneta. Aquesta seia de cara al carrer, i, poc interessada en el joc, tenia més la vista fora que no pas damunt les cartes. De sobte, un cor de rialles que venia acostant-se li ferí l'orella d'una manera estranya. Entre el borboll de les rialles, li va semblar distingir la beu abaritonada d'en Lluís. Parà atenció, fixà els ulls: damunt l'assolellada vorera avançaren tres ombres humanes, que entraren llepant la botiga de biaix. Després aparegueren les tres persones. Sí, en Lluís amb dues noies, airoses, elegants (així van semblar a la Toneta); i, en travessar el brancal d'aquella porta, la veu... oh, sí!... la veu d'en Lluís, que ressonava dins la botiga dient:

—Sofia, Sofia; no l'estimaré.

Sols amb gran esforç pogué la Toneta retenir a les mans la darrera carta.

Tota esverada, seguiren sos ulls mirant al carrer, per on continuava desfilant la comitiva. El sastre i els nens no li cridaren l'atenció; no els considerà lligats amb els altres; però aviat vingué la senyora Pepa a confirmar-li que no s'havia errat, com aquell dia al carrer Nou. «Era en Lluís, era en Lluís! Per gran sort, ni l'estudiant ni la dispesera s'havien adonat d'ella.»

Tirà la carta sense ni mirar qui guanyava, i, dient que estava cansada de jugar, eixí al brancal de la porta per no perdre en Lluís de vista. El mullader que, regant la vorera, havia fet l'aprenent del confiter obligà la comitiva a passar per l'altra bandada. «Mil vegades preferible: així veuria millor tots els gestos d'en Lluís i de les seves amigues.»

—I que entretingudes que van! Com riuen!, com les fa riure, el gran brètol! —exclamava la Toneta gairebé en veu baixa, tot bellugant nerviosament les cames. I es bevia amb els ulls tot el tercet, amidant de dalt a baix les noies, gravant-se en el cervell el contorn de llurs figures, el color dels vestits, calculant les edats que tenien, arreplegant els moviments intencionats d'en Lluís, per descobrir la preferida. De sobte —Ai!, què fa, en Lluís?, què fa, la més gran? Ah!, en Lluís li dóna el clavell que duia a la solapa; ella li regala, en canvi ,el pomet del pit! Els dos caps s'atansen, mig girats cap aquí; es diuen no sé què en veu baixa. Ah!, ella, la gran, la Šofia, és! Sí, Sofia, ha dit, quan passava per aquí—.

I la Toneta no s'adonava que arrossegada per aquell imant, s'havia allunyat ja fins a tres cases més amunt de la del fuster. Per a ella no hi havia més terra ni més distància que la posada entre sos ulls i en Lluís; més fragment atmosfèric que la cinta visual per on corria en suspensió una faixa d'imant invisible. I, sense voler, se sentia empesa a guardar les distàncies, a dar una passa a cada passa que *ells* daven, com si hi estigués lligada amb una soga. Alguns desvagats, des dels balcons, la veien espiant, arrossegant-se d'aquella manera a recés de les cases; i, com que pel carrer quasi no hi passava ningú més, s'entretenien contemplant-la, fent suposicions, brodant històries sobre les causes d'aquella fascinació que descobrien.

—Sí, Sofia, es diu —repetia, engelosida, la Toneta, escorrent-se sempre carrer amunt—. I que sembla *maca!* Calla: ara tomba el cap... No, no val res... Diu alguna cosa al senyor dels nens: deu ser son pare... Ai!, que no es giri, en Lluís! Ah! Ja torna a enraonar amb ell. No és *guapa*: té els cabells roigs, el nas tirat en l'aire, la boca gran. I que en va, d'enfarinada!... Mira, quines postures que fa! ¿I això li agrada, a en Lluís?... Pse!, deu ser rica!

I, com d'una ullada havia pres tota la fesomia de la noia, d'un sol cop d'ull, també, fixant-se en el vestir de la comitiva, endevinà l'estament del sastre.

—Hum! —féu, arrufant el nas—. No passen de menestrals *acomodats* que van de les festes. —I no sabia si alegrar-se'n o no.

En aquell moment, la comitiva es va perdre entre el garbuix de municipals, agents de policia, mistaires, criades, mariners i obrers del *Circo,* on es representava, per centèsima vegada, *De Sant Pol al Polo Nord.* Quan la Toneta es va veure prop de tot aquell formigueig, s'adonà del que havia caminat, va posar-se sobre si, i estigué a punt de recular; però l'afany de saber, poc més o menys, on parava en Lluís, la va fer encara avançar amb aquella llibertat d'anar sola que té l'obrera. I penetra aviat pel mig d'aquell públic que cridava, reia, malparlava i es partia en dues masses fermentoses i virolades a cada òmnibus de família que anava avançant per descarregar dides, criatures i pares candorosos. Ficada entre aquelles empentes, on la llum del dia semblava migrar-se i el tropell feia anar esverat, mirava sense veure-hi.

No sabia si *ells* s'havien ficat al teatre, dins del vestíbul del qual hi havia una cua amoïnosa, o si haurien passat de llarg. I amb el neguit del dubte, rompent aquella maror, arribà a la Rambla de Santa Madrona, que escorcollà de cap a cap.

El sol daurava l'extens i torrat davanter de la caserna de les Drassanes i dos bons terços de l'empedrat, deixant estesa per tota la vorera regada i fresca de l'altra banda l'ombra que hi projectava el baix caseriu. Per la banda de la caserna no transitava ànima vivent: només un que altre cotxe de retorn i dos soldats de cavalleria, portadors d'ordres, feien retrunyir l'empedrat en direcció a les Rambles centrals, d'on venia una gran remor de vida. Poblaven la vorera ombrejada rotllets de soldats, donotes, i mariners estrangers.

Apartant-se d'aquesta xurma i fent via cap al portal, veié en Lluís i la Sofia; i, sense avançar un pas més, els acompanyà amb la vista entelada pel plor, fins que es perderen per l'angle de la muralla. Llavors se'n tornà a la botiga per avisar que pujava al pis «a embastar alguna coseta»; i, en entrar al seu dormitori, va caure a la cadira de cosir, feta una mar de llàgrimes. La passada d'en Lluís li semblava una infidelitat imperdonable, es sentia el cor nuat, i amb el sanglot del plor se li escapaven bruels de gelosia.

—Malaventurada l'hora que el vaig conèixer! —exclamava interiorment—. ¡Malviatge la meva fluixedat de geni, que em va fer reconciliar amb *ell* quan ja tot s'havia acabat! Ara no es mofaria de mi com se'n mofa: jo, jo, m'hauria rigut d'ell, al veure'l tan *entregat* a aquella mosca balba, *xata*, posturera i llampant com les marcolfes de qui s'apartava, Déu m'ho perdó! Oh, no!, demà no m'hi atanso; no m'ha de veure més; l'he de *xasquejar*. S'ha esperat una setmana: que segueixi esperant. Potser no ho ha fet per mi, sinó per ella! I jo, jo, pobra de mi, tan babaua, que em creia que s'havia quedat per dar-me una prova, l'única prova d'amor que li demanava!... Ah!, no, no m'ho farà entendre. Ves què diria, ell, si avui em veiés festejant amb un altre, regalant-li clavells i menjant-me'l amb la vista!... Si no em vol, si no m'estima, ¿per què ha de venir a trobar-me, a cosir-se'm a les faldilles i jurar i plorar i escriure'm cartes i dar-me clavells com a la Sofia mateixa? No és mal fet, això? Una maldat, una infàmia? Que el demano, jo?, que el busco? ¿Que li he dit mai que em faci comèdies, ni que m'estimi per força? Ah!, si es pensa que jo també em dic Sofia, va ben errat. Ha jugat amb mi un cop: no hi jugarà més. Sóc pobra, sí, ja ho sé, molt pobra: ni pares tinc; però vaig amb el cor a la mà, tinc la meva dignitat, i no vull, no vull que juguin amb els meus sentiments.

I s'aixecà, i va treure d'una capsa molt desada un clavell pansit, no ben sec encara, i va posar-se a esfullar-lo i esmicolar-lo amb rabejament, repetint i repetint:

—No, no em dic Sofia; no ho sóc, com la Sofia. Amb mi no es juga: s'hi va de veres. Els presents que se'm fan no es fan a les altres. Això no val res, res: és una mofa, és un afront que no vull guardar.

I arreplegà de la falda, amb desesper, les despulles de la flor, mullades de llàgrimes; les matxucà encara, fent-ne una bola entre les mans, com si trobés gust a perllongar aquell esclat de dolor; les llençà al carrer, i caigué altre cop a la cadira amb el panteix de qui ha fet un esforç suprem. L'exaltació l'ofegava, l'esperit se li tenia per un fil, i, enmig d'aquell defalliment de forces, sentia bullir per fora la vida de la ciutat, i arribar allí dins amb sos contrastos i amb ses discordances ordinàries, que jamai notem tant com enmig del sofriment. Sota el balcó de la Toneta un orguenet tocava el vals de *Les cent donzelles*, la campana de Santa Mònica assenyalava un combregar, d'una taverna del carrer de Trenta-claus s'escapaven esqueixos de cançons obscenes cantades per veus d'aiguardent, i, de tant en tant, l'orguenet trencava la melodia, sostenint una nota com un xiscle, per deixar passar un cotxe que omplia de terratrèmol el desert carrer, o recollir el *quarto* que queia d'algun balcó.

XI

L'endemà la Toneta no treballava al balcó del carrer d'En Roig, sinó dins d'un dels dormitoris buits de la dispesa; un dormitori interior que rebia llum d'un celobert, tenia entrada pel rebedor, i era, per tant, immediat a la porta.

Totes aquelles resolucions tan fermes i terminants, preses per la cosidora en l'exaltació de la gelosia, havien sucumbit ja abans de clarejar, després d'haver consultat el coixí. La Toneta estimava de veres; i esbravat l'acalorament, que era fill del mateix amor, no podia, no es sentia amb prou forces per a no veure mai més el seu estimat. «Si l'havia de veure alguna vegada, més valia a cop calent, tant per dar-li la lliçó merescuda i retirar-se fent-la-hi sentir, *perquè demà no en fes patir una altra,* com per perdonar-lo, amb les convenients reserves, si, aclarida la feta, resultava que aquell passeig i aquelles flors no duien malícia. La gent, parlant s'entenen, i les aparences, de vegades, enganyen. Quan una refleciona, es recorda dels cops que s'ha enutjat sense tocar enlloc per falses aparences: després una hauria volgut desfer el que ja era fet, i ha hagut de penedir-se'n tota la vida.» La Toneta li havia besat la mà, s'havia deixat besar el front, li havia obert el cor, confessat la seva passió, i rebut d'ell juraments i declaracions honrades que li eixien de l'ànima. Entre ella i ell ja hi havia, doncs, un compromís, abans de desfer el qual valia la pena de mirar-s'hi, tant més que d'ell depenia la felicitat o la desgràcia de la noia. Ella sabia ben bé que era apassionada, arravatada; que tenia el geni prompte; que, en el breu temps de les seves relacions amb l'estudiant, havia lluitat ja moltes vegades amb les més grans vacil·lacions d'esperit sense saber fer-s'hi superior, perquè l'amor per una banda, i la conducta d'en Lluís per l'altra, la vencien. «No fem coses, doncs; no fem coses!», acabà per dir-se.

I, no havent aclucat l'ull, va llevar-se i tornà al niu de sos amors, determinada, per això, a deixar ben assentada la seva dignitat. «Com que duia encara un caliu d'enuig i gelosia, no hi havia dubte, arribaria a aconseguir-ho.»

La senyora Pepa va creure convenient traslladar-la a aquell altre lloc: primer, perquè sense les distraccions del carrer, potser faria més feina; segonament, perquè la deixava guardiana de la casa i d'allí sentiria millor la porta. «Era el dia de la bugada; i, com que en Lluís i en Tomàs esmorzarien al restaurant per acomiadar-se, es veia rellevada de fer dinar per als estudiants: el foc i alguna mirada de la Toneta bastarien perquè marxés la vianda dels fogons destinada a les quatre dones; i així, ajudant les minyones a rentar, s'avançaria molta més feina. Seria un dia aprofitat, un d'aquells dies de bona lluna en què tot es combina bé i que tant escassegen per desgràcia.»

—Doncs quedem *aixins*: oi, Toneta? M'adobarà totes aquestes mitges i camises, em tallarà aquells saquets i darà alguna mirada als fogons. L'arròs ja el farà la Ramona... A tres quarts d'una tornarem a ser aquí. Quan siguin fora els estudiants, tingui compte a qui obre. Ja enviaré alguna de les minyones a *sacâ* el cove que deixem. Passi-ho bé.

Serien quarts de nou, quan la Toneta va sentir ressonar pel corredor els cops de talons d'en Lluís, que va ficar-se a la cambra de la senyora Pepa, per a eixir-ne aviat i rodar per diverses peces de la casa, com persona que va cercant i no troba. Per fi els passos es van atansar al lloc on ella era, s'obrí la porta, i es presentà aquell, vestit de carrer i amb cara de pasqües.

La cosidora aixecà el cap i el mirà molt seriosa.

—Ai, ai!, què tens? Que no et trobes bé?

—Sí, gràcies a Déu. I vostè?

—¿Per què aquest vostè, si no tenim ningú al davant? —féu en Lluís prenent una cadira i asseient-se amorosament molt propet de la cosidora.

—Miri que em privarà de cosir. Tingui la bondat d'enretirar-se, que em trepitja la roba.

En Lluís respongué amb una llengota i rodant el cap amb aire manyagó.

—No, no fem bromes, que tinc un dia rúfol: aparti's, don Lluïset... No em toqui la feina. No sigui llarg de dits; si no, els hi picaré amb l'agulla... el punxaré!... Tingui!

I en Lluís, tot sorprès, retirà la mà punxada i començà a xuclar-se la sang que li brollava del dit, sense deixar de fitorar amb la vista la Toneta, que, com avergonyida de l'acció, més roja que una magrana, ni gosava aixecar el cap.

Regnà un silenci tan intens, que es sentia l'esperit del rellotge d'en Lluís.

—Com més penso, com més cavil·lo, Toneta, *menos* entenc el que passa. Vostè... —i remarcà el mot—, vostè sap si li'n vaig fer, de juraments, l'altre dia a la tarda; vostè em va demanar el *retrato* que ara anava a cercar... Ah!, calla: perquè surto aquest matí?, ¿perquè potser t'han dit que dino fora de casa? Ai, pobra xicota! No em facis mala cara, per això; no m'odiïs, per tan poca cosa. Mira: aniré i vindré de casa el *fotògrafo* perquè tinguis el *retrato*... Diantre de sang! M'has punxat un xic massa endins!... —interposà, xuclant altra vegada—. I al restaurant no hi aniré: dinaré amb vosaltres: sents? Era senzillament per un compromís de companys, i el meu amic és prou considerat per a dispensar-me'n.

I acabà dant-li respectuosament dos copets a l'espatlla.

La Toneta, impressionada per la sang, sense aixecar els ulls de la feina i eludint amb un moviment de cos els copets d'en Lluís, respongué, amb veu tremolosa, «que no hi havia res del que ell fingia presumir, i que era ben lliure d'anar allà on volgués». Aquesta resposta augmentà la confusió de l'estudiant.

—Doncs torno a dir que no entenc el que passa. M'he quedat a Barcelona una setmana per esperar aquest dia, que tant m'ha trigat, i, avui, que entro aquí amb el cor ple d'alegria, frisós de repetir-li que l'estimo i de sentir-me que vostè m'estima, avui em rep, no fredament, sinó amb odi. Aquí hi ha un misteri, que jo, net de consciència, no puc desxifrar: *és a vostè, a vostè,* a qui toca parlar. Parli, pregunti'm, acusi'm: jo respondré. I no dic més: tinc la meva dignitat, Toneta, i, no havent faltat, mai no sabré humiliar-me. Si hi ha qui ens vol mal i li inventa novel·les i vostè vol escoltar-les, pitjor per a vostè; perquè jo no n'he de fer cas, ni admeto entre nosaltres xafarders de cap mena.

—No hi ha xafarders, no hi ha xafarders, no hi ha *trapaceries* d'estranys! —féu la Toneta, exaltant-se i aixecant la veu com una persona ordinària—. Jo, jo mateixa ho he vist... Vostè, com tots els senyorets, es creu que les pobres no som sinó per a jugar-hi.

—Lo de l'altre dia, lo de sempre; aqueixa susceptibilitat enfadosa dels pobres, que us fa llançar un insult a cada minut i veure fantasmes al mig del dia.

—Jo no insulto a ningú; vostè, m'insulta, venint aquí a fingir-me amor, a treure'm la pau de l'ànima, per a anar-se'n l'endemà a fer iguals juraments a la Sofia i regalar-hi clavells...

Una rialla estrepitosa d'en Lluís li trencà la paraula.

—La Sofia! —exclamà aquest, mort de riure—. La Sofia!

I, desarmat de tot enuig, s'abalançà damunt la Toneta, li aixecà el cap per força, li estampà un petó al front, i, retenint-li la cara en l'aire, quan ella obrí els ulls li clavà una mirada amorosament compassiva, tot fent:

—*Tonta!, tontota!*

—Aquests, aquests ho han vist! —interposà amb força, si bé més calmada la Toneta, signant-se els ulls amb els dits oberts com un compàs.

—*Tonta!, tontota!* —repetia l'estudiant, sense perdre l'aire rialler.

—«Sofia, no l'estimaré», van sentir les meves orelles; i vostè li va regalar un clavell... i ella a vostè un pomet de flors; i van estar tota la tarda plegats; i, mentre jo patia, vostès vinga riure i més riure... Sí, com ara, com ara mateix està rient-se de mi.

—*Tonta,* més que *tonta!...* Però, no: parla, parla; que ara jo et ficaria dins d'una copa d'aigua, com una cirereta, i, d'un glop, et faria entrar dins del meu cor... *Tonta, retonta!* Si la Sofia està promesa!

—Això vostè ho diu.

—Vaja, deixa aquest *vostè* enfadós!... Dic la

veritat; dic el que és cert... I encara que no ho fos... ten la bondat de fer més favor al meu bon gust: ¿no vas veure que és *xata,* posturera, roja de cabells?

—Deu ser rica.

—Hi ha molts banquers que ho són, i mai no m'he enamorat de cap d'ells... I, vaja, no tornem per aquest camí tan fastigós.

—*Veràs,* és que, si ella fos rica, estaria bé: cada u és per a un altre del seu braç.

La Toneta començava a tutejar-lo sense ferhi esment.

—Doncs jo no miro els braços, sinó els pamets i els cors, una carona com la teva, uns ullassos com els teus, un cor com el teu, gran, simpàtic, àdhuc quan s'enfurisma, quan em punxa i em fa sang... Els diners, els diners! Aquí sóc jo per a fer-ne, de diners: jo no m'he de casar amb una caixa. I el dot que tindrà la Sofia, la filla d'un pobre sastre del carrer d'En Roig!... Ui, quin capet, quina imaginació més exaltada, la teva! Et cal algun calmant, noia; et cal algun calmant.

La Toneta somrigué per primera vegada.

—Bé, vaja!, queden fetes les paus, oi? Vinga la maneta... Vaja, la manona, la maneta: no em facis glatir. Així... Bona minyona.

I llavors, la Toneta, com si l'avergonyís posar altra volta de manifest la seva gelosia, com si temés fer-ho cridant, va atansar-se al coll de l'estudiant, i, a cau d'orella, va dir-li:

—Doncs per què hi reies tant, amb la Sofia? Per què hi anaves tan entretingut?

—Perquè no podia sospitar que em veiessis i et fes sofrir; perquè fora d'hora, jo, damunt del foc, hi estenc sempre una capa de cendra per guardar millor el caliu.

La Toneta li donà una estreta de mà, i amb mirada traïdora i les tisores apuntant al nas:

—Però (ei!, no t'enfadis), encara no et crec del tot: jo esbrinaré si és veritat que la Sofia està promesa. Ara, vés, vés-me a buscar el *retrato* i esmorza amb el teu company.

—No, que esmorzaré amb vosaltres.

—De cap de les maneres: la senyora Pepa sospitaria...

—Però aquest matí estaríem sols...

Una aurora de desig i de temors enrogí la cara de la noia abans de pronunciar una negativa absoluta.

—Tens raó. Adéu. La maneta: una bona *apretada. Com ça!*

I esclafiren a riure tots dos, com si no hagués passat res entre ells.

—Lluís, Lluís! —cridà ella veient-lo decantar-se cap a la porta.

—Què hi ha?

—Escolta. Més a propet. ¿No et fa pas mal, el dit? Em perdones?

—Besa'm la mà, la mà ferida —féu l'estudiant.

Ella s'hi negava, però a la fi cregué. I, un cop obeït, eixí ell amb els llavis clavats a la besada, entregirat el cos perquè ho veiés la Toneta.

—Pst, pst! —tornà a cridar, la cosidora, fent

entrar altra volta l'estudiant—. ¿Que has quedat bé, al *retrato*?

—Oh!, encara no he vist la prova. Em van dir que sí.

—Com anaves? Com ara? ¿Sense res al cap, els cabells embullats, més estarrufats que així?

—Sí; ja el veuràs.

—Vés, que em triga de veure'l. Vés-lo a cercar, vés.

L'estudiant donà mig tomb sobre un sol peu.

—No, no; que, de totes maneres, no has de tornar fins després d'esmorzar: no és cert?

—Jo vindria abans...

—Ja t'he dit per què no has de fer-ho. ¿Quina hora és, ara?

—Les deu.

—On te l'han fet, el *retrato?*

—A casa en Larauza.

—No sé on és. Que és gaire llunyet d'aquí?

—Al costat del Principal.

—Ah!... —féu, lleugerament i amb les mans encreuades damunt la feixa, sempre menjantse amb la vista en Lluís, que esperava, dret, la fi de l'interrogatori.

Hi hagué un moment de silenci. La Toneta s'havia distret. Després, com tornant a agafar el fil de les seves idees:

—¿Que has de fer alguna altra diligència, abans d'anar al restaurant?

—Una visita.

—Es pot saber a qui?... ¿A alguna senyoreta, potser?

—A mossèn Anton, un capellà que havia estat vicari a Ripoll.

—Que aviat te les empesques!

—Ja hi tornem?

—No, no; no et vull entretenir... Ah, sí! Escolta: ¿no es queda pas aquí, l'altre estudiant de qui m'ha parlat la senyora Pepa?

—No; ara se n'irà amb mi.

Els ulls d'en Lluís llampegaren com encesos per una idea sobtada. Donà dues passes, fent acció d'anar a asseure's, i de cop reculà i eixí, deixant la Toneta per un moment capficada en la interpretació d'aquells moviments.

—És que li costava d'anar-se'n, pobre xicot! —acabà per dir-se.

La reconciliació l'havia deixada ja no sols alleugerida d'un gran pes, sinó més enamorada que mai. Aquella manera noble i valenta d'abordar la discussió, aquell crit de dignitat a què ella contestà amb veu desentonada perquè fou quan es veié més retuda, augmentaren les ja prou exagerades qualitats de l'estudiant als ulls de l'altiva treballadora. «Era com ella el volia: que no li vinguessin mai amb sangs d'orxata. Després, la manera lleugera, compassiva, de prendre l'acusació, quan sabé de qui es tractava! Aquella indiferència que posà en tot el que es referia a meres suposicions! Ni preguntà on l'havia vist amb la Sofia, a què es degué la casualitat; res: tota la seva punya fou per a esvair l'errada i tornar-li la pau al cor, que era el que importava.»

Tot això ho havia collit, la Toneta, amb son

immillorable instint. I en fer comparacions amb sa pròpia conducta, quan li venia a la memòria aquella punxada d'agulla, es trobava petita, mesquina, indigna d'ell, i es sentia posseïda, al mateix temps que de vergonya, d'un gran desig d'aixecar-se i esborrar, a força d'amor i tendresa, la mala impressió que hagués pogut deixar en l'ànima de l'estudiant. Son temperament apassionat no consentia les mitges tintes: de la mateixa manera que la treien de seny l'ofensa o la gelosia, l'exaltava l'amor correspost. Son cor era d'aquells que passen sobtadament del plor al cant i del cant al plor. El diable d'ahir, avui era un àngel; i aquella que ahir llençava, feta miques, una relíquia de l'ésser avorrit, avui s'havia de contenir per no caure agenollada als peus del mateix home.

Transcorregué una bona estona fins que sentí passes acoblades al rebedor.

—Ara se'n van —pensà la Toneta, mig entristint-se de quedar tan sola.

I, quan menys s'ho esperava, veié reaparèixer en Lluís dins d'aquella cambra.

—Tu aquí! —féu, amb un sobresalt tot instintiu.

L'estudiant tornà a asseure's al costat d'ella, guardant ambdós majors distàncies que abans, com si sentissin una temor fins ara desconeguda.

—Per què has deixat el teu amic? —digué, en to de reconvenció, la cosidora, que notava en el semblant d'en Lluís una expressió tota estranya.

Els ulls d'aquest havien perdut aquella ingènua expressió que constituïa son principal encís: els tenia com encesos, amb la mirada esgarriada, vacil·lant, de qui sosté una lluita interior. Sa boca de sàtir apareixia badada i plena d'ardent sensualisme. Una convulsioneta insistent li feia tremolar els músculs de la cara.

—Quina pregunta! Ja t'ho pots pensar: per estar amb tu una estoneta més, només que una estona. Després ja l'aniré a trobar. Ell tenia de fer alguna diligència, i jo faré aquella visita una altra hora. Però... què tens? Sembla que et sàpiga greu, que et faci companyia.

La Toneta, que escoltava sense aixecar el cap de la feina, mirant de reüll amb marcada desconfiança, encongint les espatlles com per allunyar-se tant com fos possible, callà una bona estona, i, per fi, amb veu tremolosa:

—Sí, que me'n sap —va dir.

—Per què? Que et faig por?... Doncs ja et deixo —exclamà en Lluís, a punt d'aixecar-se, i dant, de voler o doldre, senyals marcats que ella no veié.

—Tu m'havies promès el *retrato*...

—Que fins a la tarda no et duria, i a la tarda el tindràs —replicà l'estudiant, amb veu més sencera, posant-se sobre si.

La Toneta s'atreví a tornar a mirar l'estimat; i ,semblant-li que ja tenia la fesomia reposada, començà a tranquil·litzar-se. «Aquell diantre de cervell que Déu li havia dat, sempre li feia veure fantasmes, com deia en Lluís!»

Una conversa llarga i amorosa començà entre

ambdós. «A la tarda tindrien testimonis: ho havien d'aprofitar ara.»

—Per això, per res més, he volgut quedar-me una estona. Hem de parlar de com ens ho arreglarem per cartejar-nos aquest estiu.

La color de la vergonya apuntà en el rostre de la Toneta, abocada com es veia al perill que es descobrís aquella ignorància que tant la turmentà un dia. «Estava resolta a aprendre de lletra durant l'estiu; valia, doncs, la pena d'amagar ara aquell defecte.» Per això es negà una vegada més a declarar el seu domicili, rebutjant el pla d'en Lluís. «La Madrona, la seva segona mare, la trauria de casa, la mataria, si escrivia a ningú.» En Lluís es resistia a creure tant de rigor. «Si les seves relacions eren lícites i lleials, per què tals dificultats? D'altra part, si no volia rebre les cartes directament, sempre hi havia un altre mitjà: cercar una amiga callada a qui adreçar-les.»

—Ni això: podria perdre'n alguna per casa, un descuit qualsevol pot esbombar-ho tot, i comprometre'm.

—Dona!, en havent-les llegides, les esqueixes.

—Una carta teva! No sabria esqueixar-la, Lluís.

Aquest atansà la cadira ple d'orgull. La Toneta tornava a lliurar-se al dolç corrent de l'amor, lliure de dissimulacions i recels. La conversa anà animant-se, les distàncies estrenyent-se, una tendresa enervant ensenyorint-se d'ambdós estimats. Ella s'abandonava sense adonar-se'n, fins a posar sos sedosos cabells a frec de la cara d'en Lluís, la feina caiguda a la falda, els ulls encisats amb expressió adoradora; ell s'enardia proferint juraments, suposant-se més estimador que ella, més enyoradís que ella, més necessitat d'aquell carteig mentre que per son front s'encreuaven arrugues de contraposats afectes, en les quals es podia tornar a llegir aquella lluita d'esperit. Per fi van arribar a una avinença: havien trobat una fórmula conciliadora: «l'estudiant escriuria a la senyora Pepa encarregant-li memòries per a la cosidora i usant alguna broma que aquesta s'hauria de prendre seriosament; la Toneta, per sa part, respondria a la dispesera en el mateix to; així la pobra dona els serviria de missatgera sense saber-ho». I aquesta idea els féu riure a tots dos i els portà a parlar de la voluntat que aquella dona duia a l'estudiant.

—Del primer dia que l'hi conec, i sols per això ja me l'estimo —féu, candorosament, la Toneta.

I, darrera, exposà els dubtes que tenia, encara, que el cuidés tan bé com ell es mereixia. «Per què callar-ho? Ella ja havia pensat com li guarniria, com li endreçaria la cambra...» Anava a dir «un cop casats», i la vergonya li trencà la frase, per a fer-la-hi acabar amb un «si jo fos la senyora Pepa».

Llavors es recordà, en Lluís, que ella no hi havia entrat mai, a la cambra, i la invità a entrar-hi. La Toneta hi repugnà un moment per una veu misteriosa de pudor; però, finalment, cedí. «Això no era cap mal; i, d'altra part, pel que havia treballat, una estona més o menys en vaga poc s'hi coneixeria.»

Els dos estimats van enfilar el corredor de bracet després de disputar-ho un moment amb motiu de les objeccions que, altre cop, el pudor de la noia hi oposava. «Sempre fantasmes, sempre! En tot tenia un què dir! Semblava que aquell dia s'havia llevat per dur la contra a l'estudiant! Si es trobaven en un ball, bé hi anirien, de bracet! I davant de tothom, que hi anirien!»

En arribant a la cambra, la Toneta es desprengué del braç. En Lluís restà a dues passes d'ella xuclant-la amb la vista, l'esperit frisant com la papallona que enronda la flor.

La primera impressió que causà a la Toneta aquell dormitori fou desoladora: tot ell estava desendreçat, sense ni aquell ordre reglamentari d'hostal, aquell barrim-barram, despullat de tot sentiment, en què es fa consistir la netedat i condícia d'aquestes cases. La Toneta hauria volgut veure a les parets algun retrat de família, algun gerro de flors, alguna rellotgera brodada, alguna d'aquelles endimànies que estan dient: «Aquí hi ha família; aquí, l'afectuositat, amb sos ditets delicats, ha deixat amorosament una sorpresa, un record. Com veia a casa Castellfort, en altres cases; com hi havia fins en son humilíssim niu d'orfeneta. Però res d'això: mitja dotzena justa de cadires esbarriades; una taula que era un desconcert de papers; unes cortines matxucades, despreses, de qui sap quan, de llurs poms escantellats; un sofà ple de geps i descolorit; un mirall entelat, on les mosques havien esmaltat un firmament; una calaixera desllorigada, amb coberta de gutaperxa, sembrada de pintes, raspalls, papers suats i corbates velles; i allà, en un recó, ofegat per un munt de llibres, que semblaven detinguts, en llur fugida, per la paret, el bagul, dalt de dues banquetes baixes com el baiard dels morts.

Mentre la Toneta mirava tot això plantada al mig de la cambra i sense eixir de sa dolorosa sorpresa, en Lluís seguia contemplant-la, resseguint tots els contorns de sa bella figura amb els ulls com dos llumins, les aletes del nas obertes, totes ses faccions de sàtir exageradament accentuades i expressant atenció, com si esperés un crit d'atac.

L'expressió que poc abans havia esparverat la Toneta s'accentuava més i més per moments. Ah!, si aquesta l'hagués sorprès de nou! Però la Toneta, pobra Toneta!, enjoncada per l'amor, per l'amor pur, s'exclamava, interiorment, d'aquella deixadesa per a ella inconcebible.

—I la senyora Pepa diu que ell li té el cor robat!... Aqueixa gent no es recorda sinó de fer diners! Pobres fadrins! Com els tenen! Com els enganyen! Jo sí que li tindria un *quartet* ben bufó, ben endreçadet!... Si no se l'arriba a estimar! Ben bé ella, que és una pobra com jo mateixa, té el seu gran mirall, les seves cadires encoixinades, la seva taula de marbre...

I, en arribar aquí, sos ulls escorcolladors es giraren a l'alcova, topant, de pas, amb un rentamans de ferro damunt d'un mullader, plena la gibrella d'aigua lletosa, i la humida tovallola penjant de vincladís ganxo. El llit estava encara per desfer, oberts, arrugats, els llençols, i mostrant amb el coixí l'emprenta fragmentària de l'estudiant, com aquelles peces dels motllos de guix que es veuen per terra en els tallers d'escultors. Una olor tèbia, l'olor d'en Lluís, omplia encara tot l'ambient de la cambra. Ni aquest ni aquella havien badat boca. Ella anava a parlar... però, en tombar el cap, es sentí a la boca els llavis cremosos d'ell, i a la cintura unes mans de ferro.

I va fer un xiscle esgarrifós.

—No cridis, no cridis! Que t'estimo! T'estimo!...

—Fuig, fuig, Lluís, per Déu, que estem perduts! —exclamà ella tremolant com la coloma a les urpes de l'esparver.

XII

En Lluís, malgrat la primera dificultat que sentí, després de la primera carta, a trobar matèria per a escriure a la seva dispesera sense *ensenyar l'orella,* complí la paraula durant tres setmanes; les tres primeres setmanes d'aclimatació a una vida de no fer res ni veure res, mentre en son cor remorejava encara el ressò de les darreres aventures.

Però alguns barcelonins, algunes famílies forasteres, van començar a animar, com tots els estius, la vila de Ripoll, els establiments termals de Ribes anaren rebent aiguaders, i s'establí arreu un alegre comerç de visites entre els estiuejadors d'una banda i altra. ¿Com no havia d'aprofitar-se'n, *la Papallona?* Lluny de teixir-se el capoll, volà al nou jardí, on poc trigà gaire a trobar, entre les senyoretes forasteres, qui l'escoltés; i, avui fent una fontada, demà anant a Sant Joan de les Abadesses, demà passat a Ribes, un altre dia emprenent una excursió al feréstec Montgrony o allargant-se fins a Núria, sentí que els dies volaven, va distreure's de Barcelona, començà a trobar pueril el compromís contret, i volgué donar fi a aquella correspondència vulgar; que el record de la Toneta, a la viva claror de les noves aventures amoroses amb noies més il·lustrades i de més món, anà minvant, minvant de proporcions i colors, com aquelles estrelles de quadres dissolvents que es retiren de focus per ésser successivament substituïdes.

En aquesta situació d'esperit, tornant d'una alegre passejada per les vores del Freser, on havia jurat amb entusiasme *amor etern* a sa nova estimada, excitat, entre altres causes, per la remor borbollosa d'aquell riu, que, removent-li els nervis, li exaltava la imaginació; trobà, damunt de la seva taula, una carta procedent de Barcelona que li produí l'efecte d'un *memento* impertinent.

L'agafà per una de ses puntes, la mirà i remirà sense desclourela, tenint-la a distància desdenyosa, i, si no s'hagués sentit dominat per certs dubtes que li suggeria la lletra, l'hauria llençada i tot. «No era de la senyora Pepa, no; però tampoc d'un desconegut. Aquella lletra ell la coneixia: una lletra oberta, riolera, clara, que havia vist cent voltes... I no podia endevinar de qui era!»

Per fi estripà el sobre, s'atansà maquinalment una cadira, s'hi va asseure només de biaix, s'atansà el llum, i, en havent descobert la firma, llegí el que segueix:

«Barcelona, 7 d'agost.

»Estimat amic:

»Si estàs bé on ets, no te'n moguis; si tens ganes d'anar-te'n, no vinguis pas a Barcelona. Repara que sóc jo qui escriu i que és amb tu que parlo. Si fos al revés, podries aconsellar-me ben bé una altra cosa o estalviar-te, si no la carta, que sempre rebria amb gust, el consell, que amb dificultat seguiria. I prou preàmbuls: anem al cas.

»Ahir hi va haver, en aquesta casa, durant l'estiu més trista que un convent, un ver desori. Ja pots pensar tu que jo devia divertir-m'hi d'allò més. «Gràcies a Déu que eixim un xic d'aquesta monotonia ensopidora», deia entre mi. I, colzes al coixí (perquè l'escàndol començà de matinet), parava orella i em rebentava de riure. Si fossis aquí, amb aquell geni de noi que Déu t'ha dat, ja estaves fresc. A hores d'ara ja hauries begut oli: vull dir que ja estaries mullerat i, en bona fe, ben divertit. No t'espantis: els castells de focs comencen sempre amb bombes d'anunci.

»Figura't que es presenta una dona, una donassa, que és, segons diu la senyora Pepa, la que li proporcionà la Toneta, aquella amiga teva, a qui, pel que es veu, la nostra desconeguda fa *favors importantíssims*. Demana per tu, li diuen que no hi ets, i respon que ja ho sabia. (Aquí comença a desentonar la senyora Pepa, mostrant-se estranyada d'aquella resposta que duia aires d'insolència.) La gegantessa s'asseu a la primera cadira que a mà li ve, i allí, amb tota comoditat, bé que esbufegant d'una manera deliciosa, comença a desencadenar la llengua contra tu i la dispesera, per a venir a dir, en substància, que tu ets un perdut que has enganyat la seva rellogada, i la senyora Pepa una Celestina. (Permet-me aquest tret d'erudició literària en pro de la decència, que tinc per molt necessària en aquest lloc.) Després acaba amb amenaces d'anar a trobarte i fer-te casar a les males, si a les bones no aconsegueix la senyora Pepa que vinguis per a allò que ella en diu *reparar el teu pecat,* i jo... *arreplegar un mort* o cosa així.

»Ah, noi, quan la senyora Pepa es va sentir allò! Quin sagramental! Sentir-ho tan sols, no presenciar-ho, era malaguanyat; que espectacles de franc tan divertits no se'n presenten cada dia. Vaig vestir-me d'una revolada, i vaig sortir, esperant que s'abraonarien i arrencarien les ruques! Però (oh sorpresa, noi!), aquella dona deixà, llavors, de banda la dispesera, i les emprèn contra mi perquè havia eixit, perquè m'estava allí presenciant les baralles, escoltant el que deia. No cal que et digui que no em vaig moure: allí vaig quedar-me plantat, amb les mans encreuades al darrera i la mitja rialla als llavis, deixant-la esbravar, deixant-me insultar, impertorbable com sé jo posar-me i com requeria el *sainete* en què jo mateix m'havia brindat a prendre part.

»Finalment, quan ella ja havia esgranat tota la seva lletania d'insults i d'improperis, vaig prendre la paraula i, amb la major sang freda, li vaig dir:

»—Vostè ja ho ha dit tot, no és cert? Doncs ara deixi'm parlar a mi. ¿No sap què deia, Sant Bernat? *Que la dona és l'òrgan del diable.* Per la cara que fa, em sembla que no m'entén; doncs vull dir que vostè i la Toneta, com dones que són, són portantveus del diable, i en Lluís no n'ha de fer cas.

»Un dia, en una de tes exaltacions, em suposaves, per la meva fredor, incapaç de servir-te en un moment difícil! No ho dic per retreure el servei que crec haver-te fet, sinó perquè vegis que el millor dels sistemes és el meu: prendre-ho tot amb calma.

»—És que... —féu aquella dona.

»—Esperi's, esperi's, que jo l'he deixada rodolar fins a baix de tot; escolti'm, ara, vostè; després es tornarà a desmanegar tant com vulgui. Anem al cas. Com es diu, vostè?

»—Madrona.

»—Doncs ja veurà, Madrona; el que vostè vol de la senyora Pepa, que escrigui, ¿per què no ho fan vostès?

»—Perquè no en sabem i no hem d'anar a esbombar la desgràcia de la noia, ni...

»—Prou, prou: la desgràcia! Santa paraula! Vostè l'ha dita! Qui juga no dorm, Madrona. Les noies que juguen amb un, juguen amb molts, i aquí no hem de prendre un gat amb sabates: ho sap?

»La dona, roja de ràbia en veure's dintre el bertrol, volia fugir, cuetejava com un peix.

»—Esperi's, esperi's —tornava jo, amb la major calma—. Vostè suposa imprudentment... (sí, imprudentment, perquè ja li n'ha fet una que no se l'esperava)... imprudentment, repeteixo, que la noia és incapaç del que jo dic. Doncs bé, no s'aconselli amb la ira, que és un mal conseller; sigui pràctica com cal, com li convé a vostè i més a la noia. ¿Que tenen testimonis del suposat abús? No; doncs no intentin res a les males, perquè els tribunals ja el coneixen, el procediment de fer carregar el mort al darrer que arriba, i no condemnaran en Lluís a casar-se, sinó que les condemnaran a vostès per calumniadores.

»La Madrona va tornar a ravenxinar-se; i jo, un cop calmada, fent cas omís de tots els seus disbarats, vaig continuar:

»—Vull dir que és inútil que la senyora Pepa escrigui; és inútil que vostès escriguin o se'n vagin a Ripoll a armar escàndol, o que acudeixin a la Justícia. Si escriuen, no vindrà; si se'n van allí, gastaran sense més profit que causar-se un acalorament i mortificar una pobra mare que no hi tindria mai cap culpa i que, entre la paraula del seu fill i la de vostès (no es facin il·lusions), optarà per la del seu fill. Finalment, si acuden als tribunals, ja li he dit el que els passarà. No em vol creure? Aconselli's amb un advocat i veurà què li diu.

»La meva fredor, aquella fredor tan *antipàtica,* noi, va causar l'efecte d'una galleda d'aigua freda; la dona va començar a mainar veles i se'n va tornar com un gos bastonejat. Dubto que intenti res; dubto que l'escàndol prengui peu.

»Ara tu fes el que et sembli; però jo, com a bon amic, t'aconsellaré que no siguis mans, perquè dels mansos és la glòria del cel, no la d'aquesta terra; aquí la paguen cara. Si tu i la Toneta vàreu ensopegar, pensa que la dona que ensopega una vegada en cau cent, que la que té vergonya calla, que en aquests negocis la culpa va a mitges, i que, per consegüent, carregar amb el mort d'un altre és molt cru.

»En substància: la teva posició jo la veig molt desembarassada, i per això he dit de primer que, per a mi, el consell que et dono, atès el meu geni, sobraria; però, com que tu ets fet d'una altra pasta, insisteixo en el que he dit. Desembarassada i tot la teva situació, t'aconsello que no tornis; dóna un pretext qualsevol a la teva mare, i vés-te'n a Saragossa o a València, per exemple. Mentrestant veuràs món.

»Temo que tota aquesta història et causi un disgust. Molt beneit seràs si t'hi trastornes. La cosa no val la pena, i, en aquestes matèries, ja és sabut: la dona és qui ha de guardar-se. Recorda les justícies de Sanxo Pança. Que en sabia, aquell mano, noi!

»Adéu. Me'n vaig als billars del cafè de França, on ara passo més hores que mai, perquè, amb les calors que fan a Barcelona, no s'està bé sinó en dos llocs: en aquells soterranis i a l'aigua. Mal dit: la *patrona* n'hi afegeix un altre, la Catedral; i pot ben ser.

»Sempre amic teu, disposat a servir-te.

»Tomàs Llassada.»

En Lluís es va haver d'aguantar el front i tapar-se la vista; el pensament no li funcionava; el cor, el cor li anava a esclatar. La sorpresa l'havia deixat atordit. «Què faig?— rondinà—. Què faig?», tornà a preguntar-se dues i tres i quatre vegades.

I, sense trobar la resposta, exclamà, de sobte, amb veu ploricosa i irada:

—I, ell, amb aquest cinisme, que m'ho escriu! Sembla impossible!... La mare!, la mare, quan ho sàpiga! Ai si la mare ho sabés! Es moria de pena!... I, ell, res, fent brometa! Quina sang!... Què has fet, Lluís! Què has fet!

I va prendre novament la carta, i, passant de llarg el preàmbul, apartant, apartant la vista, fastiguejat de la descripció sarcàstica que feia de la Madrona, cercà el tros tremebund, aquella acusació, espantosa per sa mateixa senzillesa i claredat: «que tu ets un perdut que has enganyat a la seva rellogada».

—Oh!, no, no! —cridà per tranquil·litzar-se a si mateix—. Jo no he enganyat a ningú! L'amor, l'amor ens va enganyat a tots dos! Pobra Toneta!

Dels ulls de l'estudiant van començar a brollar les llàgrimes, i estigué una estona rodant el cap amb desesperació, sense pronunciar ni un mot més, refent en el secret de la memòria tota l'escena de la caiguda, desitjós de trobar la clau de la seva disculpa en cada un de sos detalls. Un neguit invencible no el deixava reposar ni detenir-se en cap idea. La carta, allí, sobre la taula, destacava del blanc del paper les seves lletres, aquelles lletres clares, obertes, iròniques, i els ulls d'en Lluís hi tornaven a caure sense voler, i llegien: «Després acabà amb amenaces d'anar a trobar-te i fer-te casar a les males, si a les bones no aconsegueix la senyora Pepa que vinguis per a *allò* que ella en diu *reparar el teu pecat,* i jo... *arreplegar un mort* o cosa així.»

La darrera apreciació el va ferir profundament; quedà una estona consirós, s'aixecà de la cadira, i, passejant amunt i avall de la sala descompassadament, monologava així:

—El meu pecat? No; si per cas el de tots dos. Jo no sóc com ell; jo no suposo la Toneta una perduda; jo la conec, ell no. Una febre, una follia, una ceguetat, una hora *tonta,* va ser per a tots dos!... Sí, per a tots dos; jo no tinc culpa; jo no he de matar la meva mare amb un casament malmirat. No, no em faran casar per força. ¿Com he de sacrificar jo la vida de qui em va portar al món, de qui tant m'estima, només per reparar l'obra d'un moment de ceguetat, d'anul·lació de seny, de voluntat, de llibertat? El mateix que justifica la puresa d'*ella,* aquesta puresa que li reconeixeré jo ni que no ho faci el món, em justifica a mi... Oh!, jo he vist en algun lloc de la carta la paraula *desgràcia.*

I va córrer a fullejar-la, cercant aquell mot com qui cerca un defensor poderós.

—Sí, aquí és. La madrona, la mateixa Madrona, la va proferir. ...Oh, sí! Com diu en Tomàs: aquesta és la paraula, la santa paraula!

Un cas fortuït, una calamitat fatal, això és la desgràcia; i d'ella no n'és culpable ningú. Cada u de nosaltres dos, Toneta, carregarà amb les conseqüències que li pertoquin: res més... Que en tu són més grosses perquè ets dona?... I jo, jo tinc la culpa que ho siguis? No; és ben clar que no. Doncs, per aquella desproporció fatal, filla de la Naturalesa, ningú no pot condemnar-me a mi a descarregar-te a tu de la càrrega que et pertoca. Si tu corries més risc, havies de mirar-t'hi més, fugir-ne més.

I al mig d'aquest raonament sofístic, que l'egoisme envalentit dictava, es sentí assaltat per un remordiment terrible:

—Un fill! Oh, no!, això no ho diu, la carta.

Amb neguit la repassà altra volta de dalt a baix; i, en topar amb una al·lusió prou transparent, son giny, esperonat pel mateix egoisme, trobava mitjà d'enterbolir-la i presentar-la fosca, dubtosa, amfibològica.

—Oh, no!, això no diu que sigui; tot lo més deixa entendre que podria ser.

I la mateixa enormitat del perill que corria a la seva consciència, l'empenyia a foragitar la veritat anorreadora i el feia abocar a la gran font dels desesperats, on el dubte pren aviat l'accent del més desenfrenat escepticisme i les veritats més clares d'altres dies es tornen fosques. A poc a poc, començava a perdonar el cinisme d'en Llassada. «No l'havia llegida amb suficient fredor, aquella carta; ara, un xic més tranquil d'esperit, lliure d'aquella brusca sorpresa, ja no la trobava tan cínica. Podia haver estat un xic menys riolera atesa la serietat de l'assumpte; però, de totes maneres, contenia judicis i consells molt dignes de reflexionar-hi, de rumiar-los amb calma. ¿Quantes vegades no li havia provat ja, en Tomàs, que tenia molt més món que ell, molta més serenitat de judici? I, al cap i a la fi, ¿no coincidien ambdós en la cosa capital, a no ajupir-se al matrimoni?»

—Oh, sí! En Tomàs pensa bé. Aquesta carta l'he de tornar a llegir... Demà, demà hi veuré més clar.

El bé i el mal, el deure i l'egoisme, batallaren encara tota aquella nit dins d'aquella ànima, sense que es decidís la victòria ni per un ni per altre. Eren les tres de la matinada que, rebolcant-se pel llit, tornava encara en Lluís a fer:

—Demà, demà hi veuré més clar.

XIII

Era el mes de març de l'any següent.

El primer raig de sol que llepà, ja de matinada, la humil alcova, sorprengué la llàgrima vergonyant que rodava cara avall de la Toneta. La pobra cosidora, enfonsada en el seu llit, marcit el semblant per la pena, contemplava, tota entendrida, l'angèlic caparronet del filló, que estrenyia contra el pit amb sens igual amor. Feia vuit dies que el covava dins d'aquells llençols sense deixar de mirar-lo un moment. «Que bonic!, que dolç!, que tendret! Un àngel caigut del Paradís per omplir de felicitat tota la vida d'una família! I son pare no el veu, no l'ha vist encara, no el voldrà veure mai, potser! Ah, si el veiés! Ben segur que li daria el seu nom, que no se'n voldria separar ni un instant! El cor més cruel no pot ser sord al vagit del feble, a la mirada dolcíssima de la innocència. En Lluís està ben lluny de tenir un cor de pedra. És la vergonya, és la seva família, és el dir de la gent, que ens han robat el teu pare, fill meu! Que si et veiés, si ell et veiés tan bufó, tan petitet, tan desvalgut, amb aquests ditets que no poden pinçar un cabell, amb aquesta boqueta que no pot empassar-se un pinyó, amb aquests ullets tan esparvillats!...»

I, en dir això, els ulls de la mare es van inundar de llàgrimes, amb sos braços donà una nova estreta al fillet, i sos llavis es cavaren per una estona en el tendríssim front d'aquella criatura.

El nen es deixondí un xic, remogué les cametes dintre els bolquers, obrí els bracets com cercant quelcom amb els punys closos, i plorà un breu instant; només el que era indispensable perquè l'amatent mare pogués acompanyar-li els llavis al dolç mugró, on trobava, el petit, consol i nodriment.

—¿Ja es desperta, ja es desvetlla, el nostre gafarronet? —cridà alegrement la Madrona, tot entrant.

—Tot just —respongué la mare, eixugant-se les llàgrimes en un tancar i obrir d'ulls.

La Madrona obrí de bat a bat els finestrons, amarant la cambra de viva claror, i entrà a l'alcova amb una escudella de brou a la mà.

—Què tal? Heu dormit bé?

—Bé. I vós, Madrona?... Ja em porteu *caldo?* Com us pagaré tantes bondats?

—Quines bondats? Sempre em dius el mateix! Que no ho faries, tu, per mi?... I doncs?... Estaríem bé, en aquest món, en bona fe, si no ens ajudéssim els uns als altres!

I, dient això, dreta a l'espona del llit, la corpulenta Madrona refredava aquell brou aixecant-ne culleradetes que deixava caure en daurats rajolins entre la suau fumarel·la que de l'escudella eixia.

La malaurada Toneta la contemplava amb la respectuosa admiració que la vera, la pura caritat, imposa, i es sentia petita i desvalguda per a recompensar un dia els afanys que per ella havia passat aquella dona. «Perquè —pensava, tornant-se a mirar el nen—, tu, fillet del meu cor, li deus potser la vida, i jo... ah!... jo, l'honra davant del món.» I l'agraïment es desfeia en llàgrimes, que la Toneta procurava amagar fregant-se dissimuladament els ulls en l'amarat coixí.

Aquest moviment de la Toneta no escapà, no, a la Madrona, que, tot bufant els daurats rajolins, la veia ben bé de cua d'ull. Però, com que son delicat instint substituïa tota l'educació de què era faltada, en semblants casos dissimulava per no arrencar involuntàriament doloroses confessions, i solia fingir-se més distreta que mai de la situació aflictiva que davant tenia. Per això deixà transcórrer els moments que necessitaven les llàgrimes per a esvair-se, i, de sobte, féu, amb veu alegre:

—Vaja, noia, pren el *caldo*, que ja em triga de petonejar el nostre peladet del niu. Té, filla, té, i deixa'm pendre aquest fartonet. Què tantes metes! Tot el dia mamaries, tu, *gorrinet!*

La Toneta, abans d'agafar l'escudella amb sos dits afilats i esblanqueïts de partera, deixà passar el seu fillet a mans de la Madrona, que, acotxant-lo amb son davantal de llana, se'l menjava a petons. En braços d'aquella humanitat, la criatura semblava una nina, i la mare expressava amb cert dolor aquest sentiment preguntant:

—No pesa res, oi, Madrona?

—Sí, que es va omplint, dona, no tinguis quimera. Pobret! Si només té vuit dies! Digues: «Ja faig el meu pes, ja», ratolinet de casa!

I, sense voler, desmentia ses afirmacions movent-lo, aixecant-lo ajagudet, com si fes equilibris amb una ploma que l'aire li arrabassés dels braços.

—I les noies, Madrona?

—Ja són al treball. No et sentia moure i he privat que et despertessin.

—Ca, filla, ca, havia de dormir, jo! Que en feia, d'hores, que estava desperta!

—I per què? Ja rumiaves? ¿Ja tornaves a les teves cabòries de sempre? Ah, si jo et pogués girar el cervell com una mitja! Els afligiments, les llàgrimes, deslliguen el cor, el desembarassen, és veritat; però no curen, no aparien res. Jo sempre ho dic: poden plorar (i encara amb prou feines) els rics, que tenen qui els ho fa tot; però els pobrets no podem perdre els *ànimos;* hem de fer el cor fort, i aquí caic, allà m'aixeco, hem d'anar fent sempre. En la passada d'en Lluís no pots pensar-hi més, perquè se't pedrejaria la salut quan més te'n cal per a criar aquest angeló.

—No! Si precisament no he pensat en lo dels altres dies, ni he plorat... com us creieu.

—Vols dir, traïdorota?...

—Pensava que hauríeu de fer-me la caritat de córrer lo del bateig, perquè el nen ja té massa dies.

—Avui, avui parlaré d'això amb don Miquel, que té bo amb el senyor rector de la parròquia. No passis angúnies: tot s'arreglarà. El nen està sa i bo, no corre cap perill, i no ens mancarà temps per a batejar-lo. Casualment don Miquel ahir va batejar el seu; jo esperava que estigués bona la senyora per a encarregar a ella els passos.

—Ah, no! Ja sabeu que les senyores no solen eixir de casa fins al cap de quaranta dies. I, don Miquel, quin un per a deixar sortir la seva!

—És ben cert... però jo feia temps perquè... no ho sé... em fa més *frenta* explicar el que ha passat, al senyor, que no pas a la senyora.

—Ha estat un engany, Madrona.

—Prou que ho sé, santa cristiana!

—Una seducció. I això no deshonra a ningú, perquè totes les ignorants hi estem subjectes. Qui ho havia d'esperar d'en Lluís?

—I sí, dona! Prou que ho sabem! No et desconhortis, per això.

—Doncs no tingueu *reparo;* escondiu el meu nom i res més.

—Sí, filla, sí; ho faré així, i tot s'arreglarà. I, en dir això, la Madrona deixà caure una llàgrima involuntària a la gorreta del menut, que escalfava amb son alè, mentre la mare, a son torn, ofegava el sanglot del plor, violentament girada de cara al coixí.

El desconhort de la pobra Toneta seguia encara. De sa pensa, excitada pel dol, brollaven, sense parar, pensaments negres que li trencaven el cor. Mai no s'havia sentit a l'ànima una veu tan eloqüent i esgarrifosa. Darrera les tristes reflexions que se li acudien sobre la infàmia d'en Lluís, venien estalonant-se pensaments d'agre escepticisme contra la societat, que la miraria de mal ull i la rebutjaria sense compassió ni justícia; i després d'aquests, sense solució de continuïtat, l'assaltava una dolorosa exclamació: «Ah!, tenir-lo de batejar sense pare! Presentar-lo al món deshonrat, com un bordet, com fruit del vici, el fillet de mes entranyes!». Era la nota dominant d'aquella dolorosa elegia que de tant de temps li destrossava el cor. Les lleis socials i el què diran pesaven damunt d'ella com una llosa insuportable, i li semblaven mil voltes més cruels que la mateixa infàmia de què era víctima. A la fi, el fibló dels desenganys es suporta amb l'esperit tranquil; però la rojor de la vergonya remou tot l'ésser, ens empeny sempre cap al recó més fosc, ens foragita dels nostres semblants, i ens ofereix, per únic refugi, una soledat que aviat es pobla de remordiments i records enverinats, perdent així el caràcter consolador de la soledat veritable. «Sa vida seria un infern, tant més terrible que hi queia, ja en néixer, aquell fillet irresponsable i innocent. Ah! Quan el pobret tindria ús de raó, com se li encendrien també les galtes! I, llavors, quines mirades de turment per a ella! Com la reptaria, des del fons del cor! Al costat d'això, la pobresa, la misèria, la fam, potser!». Ah!, i que n'era, de terrible, el quadre que li pintava la imaginació, aquesta companya llunàtica que tant es rabeja a fer-nos pagar avui els goigs que ens proporcionà ahir!

La Madrona, que, tot gronxant el nen, sentia des de la saleta els sanglots mal ofegats, endevinant com si els llegís tots els turments de la seva afillada, tractà de distreure-la parlant-li de coses indiferents i excitant-la a abandonar la quietud del llit com a massa propícia a l'entristiment. El moviment, el treball, per a la gent que en tenen habitud, és un consol insubstituïble, no un càstig ni una pena. La Toneta, trobant encertat el consell, no es féu pregar gaire; es va llevar, i, amb sa bona amiga, rentà i vestí el menudet a l'escalf del sol que envaïa la cambra; i aquest entreteniment fou per a la mare una vera compensació. Després la Madrona va refer el llit i endreçà l'alcova, tirà a les espatlles de la partera un mocador gran, i es mudà per anar-se'n a fer feines a casa del senyor Castellfort.

—No surtis pas de casa en tot avui, ¿ho sents, Toneta? Estàs massa flaca, encara. Els fogons queden preparats, i, si vols *caldo,* en trobaràs a l'olleta. A la una vindran les noies i podreu dinar —digué la bona dona, clavant-se la darrera agulla de picar al mocador del coll. I, fent un altre petó a l'adormit menut, tancà la porta i baixà l'escala espurnejant-li els ulls.

XIV

En arribant al portal de can Castellfort, la Madrona es sentí cremar la cara de vergonya. Tot esperant que l'obrissin, després d'una bona estrebada al lluent tirador de la campaneta, deixà perdre la vista per les altures d'aquell celobert, ple de balcons barrats, tots ells velats per transparents de colors esmorteïts. La gran quietud que hi havia dava al cant d'un canari, presoner dins d'una gàbia penjada a les altures del quart pis, un to d'enyorança que arribava al cor. No era, no, el primer cop, a la vida, que la Madrona experimentava, en aquella escala, aquest aire de sepulcral tristesa; que prou es recordava de com s'havia esperat al mateix replà, l'any 53!

En aquell moment li tornà tot a la memòria. «Eren les nou del matí; si fa no fa, la mateixa hora d'avui. Acabava de deixar malmesos, morts, a l'Hospital de Santa Creu, els pares de la Toneta, víctimes de l'explosió de la fàbrica de don Ramon (Déu l'hagi perdonat!). Venia amb el cor traspassat, amb la Ció al braç i, arraulides a les faldilles, l'Angeleta i la Tona, que amb prou feines caminaven. Venia com enfollida, perseguida per la desgràcia, a demanar un tros de pa, més que per als seus, per a aquell angelet de Déu, que quedava sense emparament a la terra. Oh!, quin dia, aquell, Senyor, quin dia! Per sort de tots, don Ramon no sols es portà com un cristià, sinó com un pare; i si un dia la pobra vídua es veié amb una criatura més, que l'amistat i la desgràcia li tiraren als braços, les mans generoses de don Ramon, com més tard les de don Miquel, son fill, no li van deixar conèixer la misèria. Darrera aquella porta no hi hagué mai més un no per a ella, és veritat; però, ai!, aquella escala, aquell celobert, si n'havien sentits, de sospirs d'ella! És tan trist, haver de demanar!»

I, aquí de ses tristes recordances, tornà a trucar més fort, com per trencar materialment el curs de ses reflexions. Una mà arrugà el transparent del balcó de davant, i entre el vidre i la tela verdosa va aparèixer la cara escardalenca de la cambrera.

Tot seguit es sentí una corredissa de passos somorts que s'acostaven, i la brunyida porta s'obrí.

—Vós, Madrona? —féu l'Anneta, acompanyant la porta en tancar-la—. ¿Que havíeu trucat un altre cop?

—Sí, ja fa estona.

—Perdoneu; era al terrat espolsant *alfom-*

bretes. La cuinera és a la plaça, i en Manel a ca l'apotecari.

—Que no va bé, la senyora?

—Ca, filla, ca! —respongué la criada movent el cap, que duia lligat amb un mocador a la biscaïna, abaixant els ulls i fent amb els llavis sorolls de xarrupeig.

—I doncs, què té, pobra donya Mercè? —exclamà, alarmada, la Madrona.

—No sabem què se li ha girat. El *certus* és que no ens deixen entrar al *quarto;* n'han tret fins la dida i el nen. Se la cuiden el senyor i la seva cunyada, i no fa ni mitja hora que hi ha hagut consulta de tres metges.

—Valga'm Déu, valga'm Déu! —exclamà entre dents la Madrona, contrariada i plena de confusió alhora.

Una darrera l'altra se n'anaren a la cuina, ofegant els passos en la tovor de l'estora i sense dir ni un mot. La cambrera deixà els draps i espolsadors que duia, i, asseient-se ambdues, van reprendre la conversa.

—Bé, i doncs, no es diu què té? Sembla que em parles amb cert misteri, Anneta.

—Misteri, misteri!... Ells sembla que ho vulguin així. És a dir, ells; és ella, aquella saberuda de donya Tuies; que el que és el senyor, don Miquel, no ho faria, això. Prou que el coneixeu. Però la manifassera de la seva cunyada, en aquests moments me'l governa com no el pot governar la senyora. Té la porta del *quarto* sempre ajustada; i, si els cal alguna cosa, veureu que estira la campana, i, encara no sou a dues passes, al posar la mà a la porta, ja sentiu que ella és darrera; la bada només un xic, us *entrega* l'escudella, la copa o el que sigui, i, en havent dit «Porti tal cosa», ja heu acabat; ja torna a tancar. Això sí: trigueu una mica perquè l'aigua no estigui prou calenta o bé perquè l'heu de refredar un xic!... ja me la teniu aquí amb uns morros de tres dits i prenent-vos la feina de les mans. Vos dic que n'estic tan cuita i recuita, que, si no fos pel senyor i la senyoreta, ja els hauria plantats!

—No, dona, no; pren paciència. Quan hi ha malalts, a les cases, ja se sap, no es gasta humor.

—Oh!, és que el que ella no gasta és *modos*. ¿Que per ventura hem d'emmetzinar el *quarto*, per a privar-nos d'entrar-hi? ¿Que per ventura no en sabem tant com ella, de cuidar la senyora? ¿Qui l'ajuda a vestir-se i a despullar-se, quan està bona, sinó jo? De vegades, el senyor, perquè jo la pugui despullar, no es fica al llit abans.

—Potser els metges han encomanat molta quietud. Qui ho sabrà?

La Madrona responia amb la indiferència d'una persona capficada per altres coses.

—Què quietud, quietud! ¿Que sóc una barroera, jo? Que porto cascavells damunt?

Una campana del dormitori de la malalta trencà la paraula de l'Anneta.

—Té, ja hi tornem a ser!... Ara ho veureu —digué la cambrera aixecant-se amb aire enfurrunyat.

—Espera't —féu la Madrona...—. Escolta: jo voldria veure el senyor, si pot sortir un moment; i, si no, pregunta també si hem de fer dissabte o si em necessiten per a alguna cosa.

—Ah!, ca, ca, ca! ¿Voleu que em respongui a tantes coses, aquella senyora *Mins?* Ja us dic que no.

—Vaja, noia, vés... vés... —féu bonament la Madrona, empenyent-la cap a la porta amb la dolçor del qui es sent lliure de mesquineses. Tornà a asseure's, i, deixant vagar l'esguard pels àmbits d'aquella cuina, plena de lluent bateria que revelava benestar, i amb tot i el seu encaparrament, son natural de dona no pogué deixar de fixar-se en l'inusitat desordre que regnava pels fogons, taulells i aigüera.

—Era el senyor —féu l'Anneta, tornant amb la cara plena de goig—. Aneu cap a l'escriptori, que us espera. Volien saber si en Manel havia tornat de ca l'apotecari. Res, coses d'*aquella;* perquè ves si no hauríem entrat ja les medici...

En arribar aquí, la Madrona ja havia desaparegut pel passadís de l'escriptori. L'Anneta va prendre altra volta els espolsadors, i es perdé per corredors i sales.

L'entrevista de la Madrona i don Miquel fou curta; aquest estava profundament capficat per la malaltia de la seva dona, que estimava cada dia més. Els metges es reservaven encara el pronòstic, i fins exposaven amb alarmadora vaguetat el diagnòstic. «*Aparato* d'una malaltia més o menys greu, perillosa sempre en l'estat de donya Mercè; semblaven inclinats a creure que seria una peritonitis.» La Madrona es quedà sense capir gens ni mica aquest llenguatge. Un i altre, massa capficats pel que els passava, s'escoltaven distretament. Don Miquel, volent guanyar temps, parlava de pressa, amb frase trencada; i, quan tocà a sa interlocutora d'exposar la seva pretensió, es veia bé que ell tenia el cap a tres quarts de quinze, com es sol dir. Dret al peu de la taula, feia ballar una bola feixuga de cristall, i sos ulls, inquiets, tan aviat es fixaven sense expressió en els de la Madrona com resseguien la taca d'un mapa, la cornisa de la caixa de ferro, o queien amb igual indiferència sobre les mostres de cotó en floca que hi havia apilades en paquets damunt del copiador de cartes.

Per altra part, travada la llengua de la Madrona per la vergonya, temorosa, sempre, que es sospités que l'*enganyada* era una de les seves filles, no aconseguia, la pobra dona, explicar-se sinó amb molta dificultat, i no se li acudia un mot colpidor ni una frase concisa o prou enèrgica, com requeria l'esperit de don Miquel per a ferir-li l'atenció i obligar-lo a escoltar amb interès.

—Bé —digué, finalment, ell—: ¿què m'heu dit que desitjàveu? ¿Que vegi el senyor rector de Santa Mònica? No puc; ja compreneu que no estic per a sortir ni un moment de casa.

La Madrona, amb les mans plegades damunt la falda, no interposà un mot. Tapant-se mitja cara amb la mà oberta i esgratinyant-se una cella, que era posat seu en reflexionar, don Miquel digué, per fi:

—Ja veureu, farem una cosa: vos hi presentareu amb una targeta meva. Amb això n'hi haurà prou.

Escriví de peu dret quatre mots, una vaga recomanació en la cartolina, i, donant-la, es disposà a tornar-se'n al costat de sa muller.

—Digui, senyor —preguntava, seguint-lo, la Madrona—; doncs, ¿que no farem dissabte, avui?

—Res d'això —respongué ell, tot baixet i sens parar-se.

—Estic al servei de vostè.

—Gràcies.

—No m'han pas de menester? Ja sap que poden manar.

—Gràcies, gràcies —seguí ell fent, caminant, entregirat, de puntetes i signant silenci amb el dit.

I la Madrona parà ses passes en veure'l internar-se pel saló immediat al dormitori de la malalta; saló que tenien fosc, ple de recolliment, i on alguna bravada de medicina que hi arribava feia escurçar el pas amb respecte.

En tombar la cara, topà la Madrona amb la cambrera, que, agafant-la per la mà i menantla altra volta a la cuina, féu:

—I bé: que heu pogut esbrinar alguna cosa?

—Que no volen que fem dissabte. Amb això, me'n vaig, que tinc feina.

—No, dona, de la senyora. ¿Què té, la senyora?

—Que encara no ho saben bé... Alguna foguerada... alguna d'aqueixes *marfugues* que, gràcies a Déu, no tenim les pobres. Vaja, noia; adéu i paciència; no deixis tan bons amos per cosetes que passen.

En aquell moment sonà la campaneta de la porta. Era en Manel, que venia, suant, de la farmàcia. «Li havien fregit les sangs... Tot ple de gent; i més cançoners!...»

—I bé, ¿i l'apotecari tampoc t'ha dit què té? —preguntà l'Anneta.

—I com vols que ho sàpiga? Per la recepta? Ni *menos* l'hi he preguntat. Dimoni de xicota! És més tafanera! Hala, hala!, a escombrar!

I, acomiadant amb una rialleta de benvolença la Madrona, tancà la porta amb molt de compte, penjà la gorra, i se n'anà, a grans gambades, amb la medicina a les mans, cap a la cambra de donya Mercè.

La pobra Madrona baixà l'escala, plena de confusió, emprenent el camí de la rectoria, i es confongué arreu arreu amb el traüt de gent i carruatges que transitaven per les Rambles.

La confessió que havia de fer l'avergonyia molt, molt. Sols l'amor que duia a la Toneta, la compassió que li inspirava el nen, i l'esperit de caritat que mai no l'abandonava, podien encoratjar-la a dar aquell pas. Li semblava que tothom li havia de llegir a la cara que tenia filles, i que, en sentir aquella revelació, tothom havia d'atribuir la caiguda a una de les seves noies. Ja veia els ulls del senyor rector mirant-la de fit a fit fins a fer-li abaixar els seus, no gosant reptar-la de paraula per la seva falta de vigilància, pel descuit de sos deures de mare, dubtant potser de sa exemplar conducta, atribuint, de segur, el fracàs al mal exemple. I aquests temors li tenien el pit oprimit com no se l'hi havia sentit mai en ses majors desventures; li feien escurçar el pas i anar com a les palpentes per entre aquella mar de gent indiferent, que l'empenyia i copejava com les ones un cos mort.

Tot aquell trasbals bigarrat de carruatges que, corrent a dreta i esquerra de la Rambla, omple l'espaiosa via de terratrèmol; el bumbum de les converses, la cantúria dels ocells entaforats pels plàtans ja verdejants, les veus discordants dels revenedors cridaners, dels venedors de periòdics i mistaires; tot aquell bruit de vida, que fa de la millor via de Barcelona un dels carrers més alegres del món, no arribava a l'orella de la pobra dona sinó com una maror llunyana, per damunt de la qual ressortien amb veu més forta i vibrant els crits agudíssims del seu esperit. I així, caminant en zig-zag per entre els rotllets de conversants i compradors de flors, obrint-se escletxa entre les colles de treballadors que esperen feina pel Pla de la Boqueria, passejant, com discordant taca de color, son vestuari esblanqueït d'obrera per l'aristocràtica Rambla del Mig, o banyant-se en el boiri-sol que campeja pels amples espais de la plaça de les Comèdies i de la desembarassada Rambla de Santa Mònica, arribà, per fi, a la de Santa Madrona; i, havent-se enfilat per una escaleta mesquina i pobra, trucà a la rectoria.

S'obrí la porta, entrà en una saleta petita, modesta, on esperaven cinc persones més sens badar boca (algunes amb paper segellat enrotllat a les mans), i s'assegué per prendre tanda.

De tant en tant s'obria la porta immediata, eixia la persona despatxada ,i n'hi entrava una altra. Darrera d'ella en venien de noves a engruixir les files dels qui esperaven. I el temps se li feia gansoner, pesat i endormiscador com la quietud que allí regnava, trencada només, de tant en tant, per sorolls somorts de plats, que venien de la cuina, o per sospirs de fatiga que es permetien els més impacients o enfeinats.

A la fi la Madrona pogué entrar. Eren tres quarts de dotze. Un sacerdot brunós, grassilló, amb semblant d'amoïnat, cobert el cap per un casquet de vellut negre, i a les espatlles un balandram, prengué la targeta, va asseure's a la taula escriptori, i, posant-se de colzes sobre un gran llibre de registre que tenia obert, llegí a frec d'ulls la recomanació.

—El senyor rector no hi és, però ja em pot dir a mi què vol —féu el sacerdot badallant de fatiga i amb la indiferència d'un home d'oficina amoïnat de feina.

La Madrona, veient-se lliure de la mirada de qui l'escoltava, explicà, en poques paraules, la seva pretensió. Tot l'embalum que duia a l'esperit se li esvaí com foc de palla davant de l'acollida purament oficinesca que li féu el vicari, prou avesat a casos consemblants per a estranyar-se'n.

—Vinguin ben de matinet, demà, sense *aparato* de cap mena, i el batejarem.

I, dites aquestes paraules, aixecà el llibre de registre i se l'acostà als ulls tot esperant un altre parroquià.

La Madrona arribà a casa seva descarregada d'un gran pes. Sa impensada arribada coincidí quasi amb la de les noies. La felicíssima resolució que havien tingut els passos donats per ella aquell matí igualí la pena que en altres moments els hauria causat la malaltia de donya Mercè, que tant estimaven totes quatre.

Van dinar juntes, amb alegria en elles estranya des de feia un quant temps, el nen a la falda de la mare, i tota la conversa es consumí discutint el nom que posarien a aquell angelet. Van convenir que es diria Ramon, com el vell Castellfort, el protector d'aquella família; com el sant tantes voltes invocat per la mare, tantes voltes repetit per la Madrona quan, gronxant el nen per fer-lo dormir, li cantava, al compàs apendolat de la cadira:

«Sant Ramon Nonat,
fill de Vilafranca,
confessor de reis,
de reis i de papes...»

XV

La llevadora comparegué tan d'hora que quasi no s'hi veia. «Havia passat la nit en dansa, com de costum. Perquè ho tenia ben observat: allà a trenc d'alba, en aquella hora en què tants les emprenen cap a l'altre món, en vénen també molts en aquest. Si l'esperit fos visible, quins rigodons no veuríem pels aires!»

—Ah! —respongué la Madrona, que li havia obert la porta—. I, si es poguessin parlar anants i vinents, quants d'aquests trencarien de camí!

Canviaren una d'aquelles rialles que porten sempre, darrera, les veritats enginyoses de sentit comú, i entraren ambdues dones al dormitori de la Toneta.

La llum esblaimada del sol naixent l'aclaria amb prou feines suficientment per a determinar la qualitat dels objectes allí escampats.

El menut estava profundament adormit, amb els punys closos, els bracets en l'aire mal encreuats, la punta de la llengua fora, llepant el llaviet superior, com somiant que mamava.

—Mireu-lo, que bufó! —va dir la mare apartant el cos i tirant-se amunt la musclera de la camisa per tapar-se les fines carns que sota la gola li alenaven pausadament.

Les dues entrants van allargar el coll per contemplar-lo amb la tendra rialleta que inspiren sempre les criatures. Però la senyora Rita, la llevadora, prenent ben aviat un to doctoral, exclamà seriosament:

—El que dic: aquest nen no va prou tip. No somia que mama: remuga, busca, perquè no està satisfet.

I aquestes paraules, llançades en aquell moment d'èxtasi, van glaçar la rialleta de les oients. Amb els ulls tèrbols de llàgrimes, la mare clavà la vista a la senyora Rita reptantla durament, mentre que la Madrona, per altra banda, procurà esbargir la nuvolada excitant ses amigues a vestir de pressa el nen perquè poguessin trobar-se d'hora a l'església.

La Toneta prengué el brou que en aquell moment entrà la Ció, saltà després del llit, i totes tres van posar mans a l'obra, mal que els repugnés despertar tan bruscament l'angeló. La llevadora, amb la inseparable mantellina desfeta del pit i penjant del *monyo* per darrera la cadira, va posar-se destrament el nen a l'ampla falda; i, manejant-lo com un coixí de fer puntes, traient agulles, desfent llaçades i escorrent benes, va desbolcar-lo en un obrir i tancar d'ulls, mentre la mare, per son cantó, anava plegant curosament tota aquella robeta, que apilonava amb amor damunt del genoll, i la

Madrona entebeïa amb la calor de sos braços, embolicats amb el davantal de llana, els bolquers nets.

En sentir-se deslligat, parà el nen de plorar i estirà bracets i cames amb emperesida delectança. Pels ulls de la mare es gronxava feia estona una llàgrima, que en aquell moment li va saltar cara avall. «Oh!, era veritat: el nen no s'omplia!» A la claror, ja més forta, que els il·luminava, el veia ben bé, nuet, les moradenques carns destacant de la blancor del culatxo, esprimatxadet i flonjo. Oh!, quines pelleringues, allà on els muscles havien de rebotre ufanosos! La pobresa de greix permetia més a la sang transparentar-se per la finíssima pell, que prenia així un to sangonent i contristador; i la magror general de tot son cos dava evident desproporció al cap, evocant a l'afligida mare comparacions dolorosíssimes.

Per sort d'ella, les noies de la Madrona venien a temps a distreure-la amb una sorpresa agradable. Li feren present d'una gorreta tota enflocada, un fassetet i un bolquer fistonats, i una capeta avalonada, de piqué; tot blanc com ho somiava la pobra mare, tot amorosament fet i brodat per les amables donadores.

Aquesta delicadesa produí un esclat de joia. La Madrona no cabia a la pell; la Toneta no plorava d'amargura, sinó de goig. «Son fillet, el desgraciat bocí de ses entranyes, podria almenys presentar-se vestit del color de la puresa a rebre el sant sagrament del baptisme.»

Cada una d'aquelles peces, suspesa en l'aire

per les puntes dels dits, fou mirada i remirada de davant i darrera, resseguida en tots els detalls, i lloada i comentada com robeta de nina, entre joioses exclamacions.

L'acudit de les filles de la Madrona no podia ésser ni més oportú ni més ben executat. A mesura que la llevadora anava bolcant amb aquelles peces el nen, es veia millor la justesa de cada una. S'hauria dit que li havien pres la mida, si les mànegues del fassetet no haguessin resultat un xic llargues. Amb tot, amb un senzill doblec li queien que ni pintades. L'Angeleta explicà el motiu d'aquella llargada. «La moda ho exigia així perquè les manetes eixissin com de dins d'un lliri blanc: d'aquesta manera la criatureta tenia les mans més calentones. Precisament estaven tallades sobre el patró mateix que havia servit per a la cistella de la marquesa de Valldeflors, que tot s'ho feia al *Casmin*. L'única cosa que hi mancava era un llacet ponçó als monyonets; i si no l'hi havien posat era per considerar-ho massa luxós. Llevat d'això i dels altres guarniments, quant a tall i a mides, tot era igual.»

La Toneta ho aprovava tot amb l'esguard ple d'agraïment i de joia; però l'instant suprem de sa ventura fou quan, en posar la gorreta al nen, va veure que no li venia xica, com havia temut; prova evident que no tenia el cap gros, com ella creia pocs moments abans.

Arreglat el nen, s'endreçà la Madrona, posant-se el vestit negre de quan es casà, una mantellina de panyet del mateix color, ribetejada de vellut, com s'estilaven a la seva terra abans de venir a Barcelona, i un mocador blanc a les mans, pessigat pel mig de manera que s'obria com un lliri d'aigua colltorçat.

Les noies glatien per anar de companyones, però la Madrona no ho va creure prudent. Ella seria padrina, i ja n'hi hauria prou: aquell bateig no permetia res més.

La senyora Rita presentà el nen a la mare. Aquesta el besà amb deliri, i, estenent-li damunt de la corona un mocadoret per preservar-lo de l'aire, llevadora i padrina emprengueren silenciosament el camí de la parròquia.

La Toneta es deixà caure a la cadira i esclatà en plors, sense que poguessin consolar-la les reflexions de l'Angeleta i de la Ció. Era la primera volta que es veia separada del nen. Si els pronòstics de la llevadora es complien, l'hauria de passar ben aviat al pit d'una estranya; i quina soledat, llavors! Enmig de sa desgràcia, aquell fillet, lluny d'ésser agulló de vergonya, ja era el seu consol, l'únic amor de la terra; en vuit dies d'existència s'havia ja ensenyorit de tot el cor de la mare, li omplia tot l'esperit. «Ah!, quan ella se'l mirava, quan el tenia a l'escalfor dels seus braços!... Per a ella era món, vida, tot: fora d'ell, què?... I que l'hi haguessin de prendre!, que la'n separessin ja ara! Ni un moment volia que l'hi escatimessin de companyia!»

I s'aixecà, es va tirar un mocador gran a l'espatlla i es dirigí a la porta.

Els precs d'aquelles noies van ésser inútils.

«La parròquia era a quatre passes, i, ben tapada, no hi havia por que la seva salut se'n ressentís.»

—La mare s'enfadarà!... —cridaven les noies.

—No em veurà; me'ls contemplaré de l'altra banda de l'església. Deixeu-me; jo no vull perdre de vista el meu fill; jo vull veure com el bategen; vull ser allí per dar-li mamar si plora. Vosaltres no sabeu el que és, un fill; ja us podeu estimar bé la mare, ja!

—Doncs també vindrem nosaltres; t'acompanyarem.

I van eixir duent al mig la partera. I van entrar per la portella esquerra de Santa Mònica, i, amagant-se dins d'un altar fosc, on clapejava misteriosament la plorosa imatge de Jesús al pilar, van veure la senyora Rita asseguda i la Madrona agenollada a l'altre cantó del temple, de cara a l'altar major.

Dos sagristans (un d'ells espolsant amb la irreverència de qui està fet a tractar la casa de Déu com a casa pròpia, l'altre afilerant i arrossegant cadires que grinyolaven en lliscar per l'enrajolat) i tres o quatre velles matineres, que estossegaven per racons invisibles, trencaven el repòs del temple amb discordants ressonàncies. La desmaiada llum d'aquella hora filtrant-se pels migrats finestrals del davanter, es reduïa a alluentar feblement l'estuc dels arcs de la nau i els caires de l'altar major, deixant les parts baixes embolcallades per la penombra transparent del crepuscle matutí. Destacava, no obstant, d'entre aquella misteriosa entreclaror, la capella baptisteri, immediata a la porta, i que, rebent llum directa i viva per sa finestra quadrada i vulgar com la d'una cambra qualsevol ,tenia, per tot ornament de ses parets estucades, una estampa petita dins d'un gran marc barroc i pintat de blanc. I la vista d'aquella mena de cambra de bany feia tal impressió de fred, que a la Toneta se li va estrènyer el cor pensant que allí dintre el seu fillet podia constipar-se.

El temps caminava emperesit. De tant en tant travessava l'església, a grans gambades, algun sacerdot, saludava el Santíssim Sagrament aixecant-se el solideu i fent una ràpida genuflexió, i desapareixia per la sagristia. I, a cada un que travessava així l'església, aquelles dones exclamaven, impacientades: «Aquest, aquest, serà».

Però el temps seguia gansoner, la llum del dia envaint majors espais, fent-se més remorós l'exterior; i la pobra mare, arraulida a l'ombra, es sentia defallir.

Finalment, eixí de la sagristia el senyor vicari amb sobrepellís i estola; darrera d'ell, un escolà. Totes les dones es van remoure. La llevadora i la Madrona es van parlar a l'orella i seguiren el sacerdot.

Obrí l'escolà el reixat .del baptisteri, i, des del fosc recó on romania, la Toneta, amb llàgrimes de pena i goig barrejats, veié batejar el seu fill, sense l'acompanyament alegre d'aquestes cerimònies, dins d'aquella capella freda i enmig de sepulcral silenci.

Mentre la llevadora tornava a abrigar el nen, la Toneta i ses amigues eixiren de l'església. La pobra Toneta duia el sofriment pintat a la cara. Son cor de mare no podia avenir-se que els primers passos del seu fillet fossin vergonyants i silenciosos com els de fill del crim. No descloïa els llavis, però per ses galtes descolorides rodolava tot un desfet de llàgrimes. En essent a casa es negà a pujar al pis, i, quan hi arribaren padrina i llevadora, la van trobar asseguda, mig defallida, al primer graó.

—Mare de Déu, criatura! Però ¿per què fas això? —exclamà la Madrona amb el cor trencat.

—Doneu-me el meu fill: jo el vull pujar a dalt!

I l'agafà, l'omplí de petons, i, com revestida de noves forces, avançà escala amunt, arrossegant el mocador que abans li abrigava el cos. Darrera d'ella, plorant de pena com el dol d'un enterrament, seguien les altres.

Un cop al pis, la Toneta, que amb les nervioses estretes d'amor havia despertat el nen, s'entestà a dar-li mamar abans que el mudessin. Llavors hi hagué una escena esgarrifosa. La criatura prenia i deixava el pit a cada moment, plorant, desesperant-se cada volta més; i la mare, a son torn, xuclant-se el plor, mossegant-se els llavis, provant inútilment d'asserenar-se per acumular tota la vida a la font que gruava el seu fillet, bregava en va. La Madrona provava d'arrencar-li dels braços la criatura; la senyora Rita la volia convèncer que plorant, estant tan afectada, era inútil i fins perillosa aquella provatura; una de les noies corria escala avall a cercar llet de cabra per fer una munyequeta; l'altra, amagant el plor, li aconsellava paciència, calma; i ningú no aconseguia conhortar aquella mare, que veia el seu menut enardir-se i tornar-se morat amb el plor nerviós d'una criatura que es sent eixut als llavis el mugró matern. Consells, precs, i fins obres, eren inútils. La Toneta trobava forces en l'exaltació del seu sentiment, i no eren bastants les de la Madrona per a arrencar-li la criatura del pit.

—Però, filla, que et malmets la salut!... Que ofegaràs el nen! Que encara l'enrabies més!... Que Déu l'en guard, de mamar, ara!... El mataries, dona, el mataries!

Res; la Toneta seguia arrapada al nen, bregant amb el dolor i la naturalesa, cruixint de dents, amb la mirada esbarriada com la d'un boig; i el menut plorant, plorant a rebentar. La brega, la lluita, lluny de parar, creixia, exaltant fins al desvari més complet tots els presents. Així arribà un instant en què ja tots van perdre el seny, ningú no obrava per raó; una obstinació instintiva, exaltada per la resistència, com la del foll que es bat contra un obstacle material, s'havia apoderat de totes aquelles dones. La mateixa criatura corria perill d'ésser víctima de la força posada en joc per a son consol.

A la fi arribà la llet de cabra. La Madrona i ses filles s'atropellaren per fer la munyequeta, corregueren a posar-la als llavis del pobre menut, i la mare cedí, soltant els braços alhora en què tot son cos topava amb la calaixera que tenia al seu costat. Havia caigut en basca.

—Un metge, un metge! —cridà la senyora Rita sense abandonar-li el pols.

XVI

La Toneta, amb els ulls closos, els llavis com una cera, braços i cames immòbils, panteixava amb pena entre els llençols de son llit. Seia a l'espona la Ció, i, allà a la sala, l'Angeleta tenia adormidet a la falda el menut. Mare i filles inquirien amb la vista atribolada el parer del metge, que acabava d'inspeccionar la malalta. Aquest manà que ajustessin ben bé els finestrons, que es guardés el major silenci en aquella cambra, i eixí per parlar amb la Madrona.

La bona dona l'installà a la peça del costat, saleta de pas dels dos dormitoris, immediata a la porta del pis, on tan sols hi havia una taula blanca, quatre cadires de boga i el torn de fer bobines que encara, quan abundava la feina, feia guanyar algun ralet a la Madrona.

—Vostè voldrà paper i ploma? —digué aquella dona, tornant-se'n ja cap al dormitori de la malalta.

—No, esperi's, esperi's —li respongué el metge asseient-se d'esquena a la paret, al costat de la taula, i deixant damunt d'aquesta barret i bastó—. Segui, que li he de fer algunes preguntes.

La Madrona obeí, situantse gairebé al mig del passadís, frisosa de rebre l'interrogatori. A la cara del metge, jove d'esvelta figura, rigorosament vestit de negre, que duia pintada la intel·ligència als ulls i a l'espaiosíssim front, ja solcat d'arrugues per l'hàbit de reflexionar, aquella dona hi llegia una intranquil·litat esfereïdora. Instintivament coneixia que si ell callava, tot refregant-se els palmells de les mans amb el mocador i deixant vagar la vista per les rajoles, era per coordinar idees; i la dona, en la seva ansietat, trobava desmesurada, insuportable, tanta calma.

Per fi, munyint-se la llarga i negra barba, començà el facultatiu preguntant:

—La malalta és partera, eh? De quant temps?

—Fa nou dies.

—Antecedents —féu entre sí. I després, en veu alta—: És espantadissa?

—Molt. *Verà,* tot s'ha de dir. Tindria cinc anys que va veure morir de desgràcia sos pares al seu costat per haver-se rebentat, mentre esmorzaven, la caldera del *bafor* on son pare era fogonista. La pobra criatura es va salvar per miracle... i, sap?, aquell espant conec que no l'ha pogut pair mai més.

—Li ha vist tenir accidents?

—Cap més que el d'aquell dia.

—Geni?

—Més bona que el pa, però una pólvora.

—Vol dir que ho agafa tot amb entusiasme, no?... que és exaltada...

—Ui!, no en parlem! Si hi havia un malalt

a casa, s'hi tirava de cap, no dormia ni assossegava. Si la feina apressava, que és cas de ferla anar al llit! Si...

El metge somrigué amb la complaença del qui veu demostrada la sospita.

—Quant temps fa, que és casada?

—No ho és, no ho és —digué la Madrona, abaixant els ulls i la veu, després de pensar un xic la resposta.

—¿De manera que, durant aquests últims temps, ha plorat molt? —interposà el metge fingint que la tenia per vídua.

—Com una Magdalena. *Verà,* la noia té bons sentiments, sap?, i la vergonya només... —exclamà la Madrona, que no havia caçat la delicadesa del doctor.

—I avui ha sortit a l'aire i s'ha espantat?

—Tal com l'hi he dit.

—La basca li ha durat dues hores, ha desvariejat un xic, després s'ha assossegat, i des de llavors té aquest panteix i ha parlat amb la pena d'ara, eh?

—Igual, igual.

—Bé, bé; està vist. Porti paper i ploma —va dir el metge, tot resolt i satisfet.

La pobra dona va córrer a cercar-ho; i, en deixar-ho damunt la taula, no podent reprimir més temps la impaciència, preguntà què tenia la malalta.

—Té la causa al cor. Aquesta entranya, l'ha feta treballar massa! —respongué el metge, sense qualificar la malaltia, però receptant.

—Vol dir que és cosa de *cuidado?* —interposà la Madrona, amb els ulls a punt de plorar.

—Ara com ara, no; però convé molta quietud, moltíssima. Li hauran d'allunyar el nen, que no el pot humanament criar, i han de preservar-la de tot disgust, de tota mena de disgust. Una impressió, una trontollada forta, ens comprometria.

—I com ho fem, pobres de nosaltres, això, si hem de començar per prendre-li la criatura del pit! Si d'això ha vingut lo d'avui!

El metge aixecà els espatlles amb tristesa, i replicà:

—No hi ha remei; criar, no pot ser; no pot, no pot. Prediquin-la força; procurin fer-la entrar en raó; portin-li una dida aquí perquè vegi el nen. Jo també la sermonejaré aquesta tarda, quan torni, i veurem si entre tots arrenquem aigua.

I, firmant la recepta, afegí:

—Miri: amb això, els *entregaran* unes píndoles i una cocció, una beguda. Quan ho tinguin, li donarà una píndola cada dues hores, i, entremig, cada hora després de la píndola, una cullerada gran de la beguda. Busquin de seguida la dida, que el nen no pot continuar així, i... fins a la tarda. Molta quietud, eh?, molta quietud. Poques persones al *quarto;* amb una n'hi ha prou.

En havent tancat la porta, la Madrona es quedà plantada, afligida, sense esma de pensar; les paraules del metge l'havien atordida com un cop de maça al cap. Però fou un moment;

recobrant arreu les seves confiances, oint altra volta la veu d'aquella fe que sempre havia estat el ressort més fort del seu esperit, es sentí revestida de nova força, i, sacsejant el cap, es ficà resoltament a la seva cambra, obrí un calaix, i consultà l'estat de sa pobra caixa. El reconet allí reunit a força de privacions, anava minvant que era un dolor. Ja no hi havia sinó vint-i-cinc duros. «Però... ¿i que no era una filla seva, la Toneta? ¿No hi tenia igual dret que les altres? Si aquells s'acabaven, Déu li'n daria: per a casos com aquest ella els havia anat estalviant.» I, espolsant-se el pes del dubte amb un cop d'espatlles, va prendre un duro i anà de puntetes a cridar la seva filla Ció. «Pit i fora! Déu ens ajudarà... Té, pren una garrafeta i corre a ca l'apotecari... ¿No ha tingut pas res de nou?... Doncs res, no t'entretinguis enlloc, t'espero.»

Després féu acotxar el nen al bressol, encarregà a l'Angeleta que amanís el dinar en quatre esgarrapades, i, com entrés en lluernada, anà a asseure's a la cadira de la Ció, quasi a les palpentes, a poc a poquet. S'atansà a la malalta i, ja més feta a la fosca, contemplà aquell semblant que, blavenc i afinat, ressortia amb cruors cadavèriques de la grisor del cobrellit: tan migrada era la llum que daven a l'estança els dos fils de claror polsosa que enribetaven els ajustats finestrons. Aquell panteix fatigós que feia alenar fins els llençols i abrics, no havia minvat; i, ja asseguda, la Madrona se'l sentia a l'orella més fort, més viu, com si la fosca donés major vibració als sons o escurcés les distàncies.

La pobra dona desitjava recollir-se per traçar-se el pla de defensa que aquella anguniosa situació requeria, i no ho aconseguia pas. Fins la feble respiració del menut semblava més forta, i la corprenia, a voltes, amb l'ensurt que causen, a mitja nit, els sorolls misteriosos. De tant en tant semblava condormir-se tot, i llavors avançaven per sa pensa les idees que la intranquil·litat d'esperit havia tingut fermades; però aviat un gemec de la malalta, que es remenava pel llit, el trontoll d'un cotxe, que feia vibrar tota la casa, o el crit d'algun marxant, que arribava fins allí trist i endormiscador, però massa viu encara per a no interrompre el repòs que calia, l'alarmava, la sobreexcitava i trencava un cop més ses reflexions.

A l'hora de dinar, mentre menjava tota sola a la cuina, asseguda només de gairell a la cadira sense ni mirar el que es ficava a la boca, i al soroll amoïnador de plats i vidre que movia la Ció a l'aigüera, fou quan aquella pobra dona veié ben dissenyades les fonts de la seva salvació. «De dida, amb temps, no en mancaria; el que ara calia era trobar-ne una de moment. Veuria don Miquel; molt seria que aquest bon senyor no fes la caritat de deixar alletar, mentrestant, per la dida del seu fill, el de la Tona. Tan petitets tots dos, no la podien esgotar... En diners per al didatge no calia pensarhi; allà on no arribés el jornal de la Toneta, hi arribaria ella, i, si no, alguna bona ànima. Tot,

tot s'arranjaria, mitjançant Déu, mentre... (i ara venia el gran grop de la situació)... mentre la Toneta sabés desprendre's del nen!»

La primera píndola començava a obrar satisfactòriament; la malalta reposava; sa respiració era més regular. Això revestí d'esperit la Madrona; rumià un poc, plantada al mig d'aquella fosca, i, de sobte, prengué resoltament la criatura del bres, l'abrigà ben bé amb son mocador gran, i eixí cautelosament cap a l'escala, recomanant el major silenci a les noies.

Al fosc replà del segon pis li privà el pas una dona: era la fustera, una de les poques veïnes a qui no s'havia pogut amagar la desgràcia de la Toneta.

—Madrona, diu que teniu alguna novetat?

—La Toneta al llit, amb una recaiguda, i havent de dar la criatura a dida.

—Valga'ns Déu, valga'ns Déu! A veure, deixeu-me'l veure, pobret. Diu que avui l'heu batejat, oi?

—Ja ho ha tingut de veure la xafardera del tercer pis! —exclamà, enutjada, la Madrona, tot destapant el nen.

Aquest dormia tranquil·lament, la careta flonja, de color de préssec, plena d'un borrissol vellutat que a la grisa claror de l'escala es feia més visible i tenia un to de blanc malaltís. Aquelles dues dones no pogueren resistir el desig de besar-lo.

—L'angelet, que calentó que està! Que murris que són, els homes! I no s'és presentat, oi? Com si no hagués fet res, l'estrofa!, com si tal cosa! Ai, Madrona!, per als rics no hi ha justícia, a la terra!

—Com que ells s'han fet les lleis!... Bé, perdoneu, que vaig un xic de pressa... Vaig a veure si trobo qui li darà mamar mentre cerquem dida. Ja ho veieu, quins fatics! ¿Que anàveu a dalt? Doncs molta quietud, el metge no m'ha recomanat altra cosa.

—No tingueu por... També daré veus, jo, sentiu? —féu la fustera, ja mig girada escala amunt, mentre baixava a corre-cuita la Madrona.

Un cop al carrer, aquesta sentí bellugar-se el nen als seus braços, i apressà el pas, temorosa que es deixondís abans d'hora. Camallarga com era, la Rambla no se li acabava mai. En ésser al Pla de la Boqueria, trencà per la Riera del Pi; «així es trauria del davant aquella via dreta, interminable, i tot aquell traüt de gent i carruatges que no la deixava passar». Son pla era tirar pel carrer d'En Roca; però, en embocar-lo, la féu recular, tota contrariada, una gran conductora que embussava quasi de banda a banda l'estreta via. El nen es recargolava i començava a somicar. La Madrona suava d'angúnia; li repugnava entrar amb el nen plorant a casa don Miquel, on hi havia malalts i on anava a demanar un favor. Passà rabent la plaça del Pi i la travessia d'En Petritxol, i arribà, a la fi, panteixant, a l'ansiejada casa. Per sort d'ella el nen no havia romput encara el plor.

L'Anneta la féu entrar altra vegada a la cuina, i prengué de seguida la paraula per pintar-li amb colors vius les tribulacions d'aquella casa, omplint-li involuntàriament el cor de noves angoixes. Segons ella, la senyora tenia mala peça al teler: els metges se la veien perduda; don Miquel estava desolat: no estaria pas per a atendre-la; i, com si els del servei no patissin prou treballant nit i dia i veient tan afligit l'amo i tan abatuda la mestressa, aquella bruixa de donya Tuies cada dia els maltractava més.

—Però, què porteu, aquí? ¿Que porteu un nen? —féu, després de son discurs, abalançant-se a destapar el menut.

—Sí; volia veure si la vostra dida me li podria donar mamar unes quantes hores, mentre la seva família li'n troba una.

La cuinera deixà la feina dels fogons per córrer a veure aquell angelet.

Una criada i altra deien que era molt bufó; l'Anneta el volia tenir una estona; el comparaven amb el de casa i el trobaven més petit. La Madrona frisava.

—Té, sospesa'l —digué aquella a la cuinera—. Me'n vaig a cercar la dida perquè el vegi.

I, en passar d'un braç a l'altre, el nen començà a plorar; i, per més que la cuinera s'esforçava a gronxar-lo, a amoixar-lo i a consolar-lo amb la calor de ses galtes enceses per l'escalfor del foc, res no podia aconseguir.

Aviat un trepig feixuc va fer trontollar el trespol, i aparegué la dida, seguida de la cambrera i en Manel. Instruïda per l'Anneta (que, seguint el seu costum, s'havia anticipat a explicar la pretensió de la Madrona), la dida, sense badar boca, va prendre la criatura, se la posà al pit i es deixà caure damunt d'una cadira amb tot el pes del seu cos massís i sa de muntanyesa. El nen començà a mamar amb tant de delit que s'ennuegava.

—Ui, ui!, quina criatura més afamada que porteu, bona dona! Ja li calien bones metes, ja, pobrissó! —féu la dida tot contemplant-lo amb aquella tendresa que l'alletat desperta de seguida en totes les dones.

I aviat es veié establir-se un corrent d'instintiu amor entre l'innocent angelet i aquella dona, que per primera volta el contemplava. El menut obria sos ulls indecisos d'anyellet i, amb sos ditets de nina, provava, sense esma, d'aferrar-se a la blanca mamella, mentre que, per sa banda, la corpulenta muntanyesa el sostenia amb amor dins la corba de son braç colrat i, amb la robusta mà li escalfava la carona o li amanyagava el caparró.

En Manel, tot contemplant l'escena amb rialla de solter impenitent ,trencà la conversa de les dones preguntant a la Madrona si era seu aquell marrec.

—Pobra de mi! —respongué ella—. Vet aquí per què serviu, els homes: per a prendre de broma les coses més *sèries!*

I l'Anneta, amb una empenta amistosa, tragué de la cuina el criat.

Ningú d'aquella casa no havia tingut esment

del que havia passat a la Tona. Feia mig any que no s'havia acostat allí a cosir; tots la creien amb una suposada tia de fora, com havia dit la Madrona a tots aquells a qui humanament podia dir-ho. Fingí, llavors, que en Ramonet era d'una veïna per la qual s'interessava molt, i exposà a la dida com li seria agraït aquell favor en el cas que pogués fer-lo. «Ella parlaria amb don Miquel, i, mentrestant, es basquejaria per trobar qui pogués criar el nen a fora.»

Arribà el moment propici de parlar amb don Miquel. La Madrona féu un esforç suprem, sacrificà la vergonya que l'enrogia, i descobrí la dissort de la Toneta, recomanant el secret. El senyor Castellfort, prou capficat amb l'estat de la seva muller, rebé la nova amb més compassió que escàndol, no posà cap inconvenient a fer el favor que se li demanava, venint-hi bé la dida, i sols exigí que deixessin el nen o el portessin allí a mamar, perquè trobava el seu un xic constipadet i no volia que aquella l'abandonés ni el tragués a l'aire.

Ja estava el primer conflicte resolt: aquell angelet no es moriria de fam.

—Ara veurem com s'ho pren l'exaltada de sa mare! —va dir la Madrona a la dida, tot regraciant-la per la seva bondat i emprenent, no lliure encara d'angúnies, el camí de casa seva.

Trucà, i, en obrir l'Angeleta, se li eixamplà el cor. Amb la cara que sa filla feia, es veia que hi havia millora. Sí, la Toneta havia recobrat, a poc a poc, la respiració normal, i la debilitat de sa veu demostrava que la febre anava minvant per moments. El desesper que es temia d'aquella mare no venia; semblava que la flaquesa de forces li robava l'energia d'esperit. Havia preguntat pel nen, li havien declarat amb tota por la veritat, i s'hi havia conformat, no deixant escapar sinó una llàgrima tèrbola, que li rodolà cara avall pausadament. Després s'havia adormit, i seguia reposant encara.

—Ai, beneït sigui Déu! —exclamà la Madrona plegant piadosament les mans i enlairant l'esguard al cel.

Quan la Toneta es despertà, girà el cap a l'espona on seien les seves vetlladores, i, descobrint-hi la Madrona, allargant-li la febrosa mà.

—Ja estarà bé, pobret? —preguntà amb veu quasi imperceptible.

—Bé pots pensar-ho! ¿Què li pot faltar, a casa don Miquel? No passis angúnies. Tenen una dida com una vaca. És molt bona dona, i cuidarà tant el teu com el dels senyors.

—Però jo no el veuré, el meu fill!

—Ja el veuré jo matí i tarda. ¿Que no tens confiança en mi?

Una altra estreta de mà responia afirmativament; i, després d'una d'aquelles pauses que el dolor dóna a la paraula si no al pensament, mai més actiu que llavors, la Toneta continuà:

—Però, així i tot, no deixareu de donar veus, oi?

—Que és cas d'això, filla! Ja ho tinc encarregat a tres o quatre conegudes. La fustera s'hi és oferta ella mateixa. No tinguis por, dona;

d'aquí a quatre o cinc dies el tornaràs a tenir amb tu.

—Oh, no! Abans me'l portareu alguna estona, vós, oi?

—Sí, filla, sí; tot el que vulguis. Anem, ara reposa; no parlis massa.

—I, donya Mercè, què fa, pobra senyora?

—Va seguint, seguint.

—No té pas cap malaltia encomanadissa? Perquè, si no, no hi voldria pas el nen, allí; ja me'l podríeu treure de seguida, corrents, corrents —féu, de sobte, la Toneta, amb veu exaltada.

—Res d'això, dona; res d'això. No et fiquis manies al cap... ¿Com vols que jo exposés el nen, que m'estimo potser tant com tu? Vaja, reposa; calla, calla, que el metge diu que no et convé parlar.

—Que l'heu vista, la senyora?

—No.

—Per què?

—Perquè no deixen entrar ningú al *quarto*.

—I doncs com podeu assegurar res?... Vos podrien enganyar...

—Però, filla de Déu!, no siguis així!... ¿Com hi tindrien el seu fill? ¿Quina idea portarien, a l'enganyar-nos, en lloc de fer-nos una bona obra com la que ens fan? Assossega't, dona, per les cinc llagues de *Cristo!* ¿En quina casa *mellor* el podries tenir?

—Sí, pobres senyors!, prou fan, prou fan!

XVII

Vuit dies després, a les nou del matí, davant de casa Castellfort, s'anaven afilerant algunes berlines. El nen de don Miquel s'havia mort, com per sorpresa, d'una pulmonia, que els metges no havien sabut conèixer fins a darrera hora.

Aquesta desgràcia era tant més trista en tant l'estat de donya Mercè no permetia esbravar, ni tan sols deixar entreveure, el dol que a tots acorava. Feia vint-i-quatre hores que germana i marit es rellevaven davant de la malalta, ben sovint, per córrer a vessar les llàgrimes retingudes i entrar de nou, fent el cor fort, a parlar, amb forçada rialleta, de les excel·lències del nen, com si estigués ple de salut. Era un turment infernal que l'estat de donya Mercè imposava, si no es volia perdre-la a ella i tot. Don Miquel, enmig de sa desgràcia, estava tocant ara els resultats de la caritat tinguda amb el fill de la Toneta, que, vestit amb la roba del mortet, era presentat a donya Mercè com son fill propi quan mostrava desigs de veure'l. Quan això s'esdevenia, el pobre pare eixia de l'alcova amb el cor trencat i dant al mateix temps gràcies a Déu de poder valer-se d'aquest estratagema, tan necessari a la vida de sa idolatrada esposa. Donya Tuies ronsejava per la sala com qui endreça mobles desarreglats, i la dida, xuclant-se les llàgrimes, passejava l'emboirat esguard pel sostre. Tots s'aferraven a la necessitat de descans, tan recomanada, per escurçar aquelles escenes de terrible tibantor; i la mare, en benefici de *son fill*, que no volia deixar orfe, cedia, i reprimia fàcilment sos desigs.

Així havia arribat l'hora tremebunda de l'enterrament, que anava a fer-se sense cap pompa ni cerimònia religiosa, a fi que ni el menor ressò de cants litúrgics arribés a orelles d'aquella mare. Acompanyarien l'albat al cementiri només una dotzena d'amics i parents particularment convidats, que rebia llavors don Rafel, l'afligit avi, en les peces del davant, les més llunyanes de l'alcova de la malalta, expressament incomunicades per una porta tancada amb pany i clau.

En Manel, vestit de negre i amb la cara moixa que li imposava la tristor del moment, obria pas als convidats tan bon punt es sentia que anaven a posar la mà al tirador, i els introduïa en aquelles sales moblades de setí, on els finestrons ajustats i les cortines penjant no deixaven traspassar la llum del carrer ensems que avivaven la daurada resplendor de la cambra mortuòria, oberta als ulls de tots.

—Home, m'ha sorprès! ¿I doncs què ha estat, això, que ha vingut com una escopetada? —exclamaven tots en entrar, abaixant la veu i augmentant els rotllets que la simpatia anava fent.

—Res, una pulmonia mal entesa! Els metges hi van tan enganyats, amb les criatures!

—Conti-m'ho a mi —feia, amb la vista plorosa, un pare escarmentat.

—Què s'hi farà! Quinze dies enrera, ¿qui ho havia de dir? Tanta alegria en aquesta casa mateixa, i ara... Pobre Miquel!

—Pse!, així és el món... I la Merceneta? Crec que va millor, eh?

—Sí; gràcies a Déu, va millor; però també ha estat leri-leri, també! —féu don Rafel, interpel·lat al pas.

—En fi, del mal el *menos*. Pitjor hauria estat que s'hagués mort ella. Del nen se n'oblidaran aviat; en tindran d'altres, i...

—És el que passa. Mirin: en Pauet Puigbó, que tots vostès coneixen...

I anaven a contar històries d'amics i coneguts, quan aquell pare escarmentat girà l'esquena i anà a ajuntar-se amb un altre rotllet on es parlava de la baixa del cotó. D'altres es declaraven, més enllà, conformes que els metges no saben res i que la Medicina és impotent, o poc menys, per a aturar una malaltia seriosa.

—Ca! La planeta de cada persona, que dic jo.

—I sí, home, sí! Desgraciat de qui ha de morir-se! Tots vivim de miracle! —exclamava son interlocutor, parant de seguida orella a certes rialles sufocades que venien de la saleta immediata.

—Gent jove! L'edat feliç, veli aquí!

Eren, efectivament, tres jovenets, que s'havien apartat allí dins per parlar lliurement de l'òpera del dia abans, del rebuf donat per una ballarina a un amic de tots ells, i d'aventures tan pròpies a llur edat com impertinents a l'ocasió.

Llavors entraren dos cotxers dels morts, precedits de don Rafel, a la cambra mortuòria. Van donar-los la clau del bagulet, i, posantse'l un d'ells sota l'aixella, les emprengué cap a l'escala, seguit de tota la comitiva, que no gosava piular ni trepitjar. La dida, el servei i la Madrona guaitaven amb ulls plorosos, mig caigudes unes damunt les altres, des del fons d'una peça petita immediata a l'escala.

Aquell que havia estat, primer, dolça esperança, després enlluernadora realitat, sempre el més bell somni d'or d'un matrimoni amorós, se n'era volat al cel com el perfum d'una flor; flor de la qual ja no s'enduien ara, cerimonialment, sinó el calze marcit, assecat pel baf de la mort!

Ja havia arribat aquest a baix al celobert, quan de sobte es sentí un gran xiscle d'esglai. La comitiva es parà en sec a mitja escala, tothom s'abalançà a la barana per veure què ocorria, i tot el servei eixí al replà, empès pel mateix crit.

Una dona, una jornalera demacrada, amb els

ulls fora del cap, la color esblaimada, presa tota ella de tremolor nerviós, agafada al petit taüt, amb veu baixa i trencada i accent suplicant i commovedor, demanava que no se l'emportessin.

—És meu!, és el meu fill! Jo no l'he vist morir! Me l'han mort, sí, me l'han mort!

Una confusió de crits i moviments succeí a aquestes paraules, sentides amb indignació per uns, amb llàstima per altres, per tots amb sorpresa. El cotxer atacat començà a disputar la possessió del taüt aixecant-lo tant com podia. Son company va tirar-se, amb don Rafel, damunt de la pobra jornalera, clavant-li urpada als braços per arrencar-li la presa. «És boja!, és boja!», cridà tothom. I arreu, la comitiva arremolinada, gairebé rodolant els uns sobre els altres, es despenyà per l'escala, confonent llurs crits amb les veus discordants que pujaven de l'entrada, ja plena de badocs, mentre que la Madrona, fora de si, deixant caure sa atlètica persona damunt la massa, forcejava per obrir-se pas, cridant:

—Toneta! Per Déu, Toneta! No és el teu!, no és el teu!

Però la confusió creixia. Apilotat tothom entorn de la lluita, tothom estirant els braços i cridant alhora, precs i amenaces es perdien dins la remor general; a l'estrebada dels cotxers i de don Rafael responia l'empenta del garbuix; i, com que així la fugida era impossible, les mans de la Toneta es clavaven altra volta al bagul. L'avalot anava atraient públic i més públic, tota l'entrada s'omplia de badocs, i en les disputes començaven a dibuixar-se dos partits contraris: els uns, i amb ells tot el dol, qualificaven d'escandalós l'atac de la *boja,* i reclamaven l'auxili de l'autoritat perquè deixés pas franc a l'enterrament i s'emparés d'aquella desventurada; els altres, quasi tots gent de poble, commoguts pels clams de la *mare* i excitats per l'esperit de classe, advocaven a favor de la Toneta i demanaven també la presència de l'autoritat perquè obrís el taüt i disposés després el que calia. Però com que a les paraules ajudaven les obres, i la lluita esgarrifosa que sostenia aquella mare exaltava tots els cors, lluny d'entendre's, uns i altres augmentaven la confusió per moments. Als crits agudíssims de la Toneta, que de tant en tant es sentien dominar per damunt de tota aquella maror de veus ronques i acalorades, s'ajuntaven també els no menys forts que dava la Madrona a mesura que anava avançant penosament per entre l'atapeït garbuix. Quan es veia el seu cap sense mocador destacant-se per entre els lluents barrets, son braç nu a l'aire, la seva faç suada, la seva mirada suplicant, i contreta pel temor tota sa viril fesomia, cridant, plorant, pregant, infonia basarda i respecte alhora: tothom la creia mare de la pobra *boja.* «Feu-li pas!, feu-li pas!», cridaven molts. «Facili'n vostè; no veu que no em puc moure?», responia el qui es sentia a l'esquena el panteix d'una d'aquelles figures gegantines i a l'espatlla la pressió de son braç de ferro.

—Un municipal! ¿No hi ha un municipal, per aquí? —cridaven contínuament diverses veus.

Cada moment era més formidable i atapeït el pa de gent allí format, de més difícil arreglar es presentava el conflicte. De la sorpresa s'havia passat ja als comentaris, i, amb l'acalorament de la masega, es daven com a *fets* les suposicions més gratuïtes i començaven a brollar ja disputes particulars, de les quals eixia no pas poc mal parada la reputació de don Miquel. Ja començava a córrer de boca en boca la veu que allí es tractava d'ocultar un crim misteriós. «Aquella treballadora no era una boja, no; era una mare desesperada; no calia sinó sentir com s'exclamava, per a veure-ho.» Algunes dones ja aixecaven els punys amenaçant al primer pis. Hi havia qui somiava ja amb parar el pas al cotxe dels morts si per cas hi arribava el cadàver sense permís de la Justícia. De tota l'escaleta havien anat baixant els veïns a reforçar la defensa de don Miquel, i el servei, presoner en els balcons del celobert, es feia explicar el fet a grans crits per la xerraire de l'Anneta, que no sabia comprendre com la Madrona s'havia guardat al pap la desgràcia de la cosidora. Els altres criats de don Miquel, un cop informats del que passava, havien tingut el bon seny de retirar-se, i en Manel, de córrer a avisar el senyor.

Però mentre aquest, tot esgarrifat, s'assabentava del succés, ja la dida botava escala avall amb el nen de la Toneta i es confonia amb les empentes d'aquell garbuix, demanant pas amb tota la força dels pulmons per acabar d'un cop el conflicte. Al mateix temps, municipals i policies s'obrien via per la portalada, arrencant protestes i crits dels mateixos que els demanaven abans; i don Miquel, amb el cor traspassat i eriçats els cabells, baixava per l'escala de marbre gairebé sense esma.

Per fi els municipals es van emparar del taüt i els policies sostenien i contenien alhora la Toneta, que, de genollons, volia perseguir els primers. Però, per sort, arribaren als peus d'aquella mare desolada la Madrona, ben aviat la dida i després don Miquel.

—No ploris, no et desesperis, filla. No és el teu, el que enterren: és el de donya Mercè.

La Toneta es negava a escoltar-la, rodant el cap, amb l'abundosa cabellera desfeta, que li queia a embulls per la traspostada cara.

—Mirate'l el teu; té en Ramonet, té. Assossegat, filla, assossega't, per les cinc llagues de *Cristo!*

I tomà en l'aire la criatura, plena de flocs i puntes, que li allargava la dida, i la posà damunt la falda de la Toneta.

Hi hagué un moment de general expectació. La Toneta agafà el nen amb desconfiança, clavà en ell sos ulls grossos i encesos, li apartà la brodada gorra per mirar-li una de les orelletes, on havia de tenir una piga com un cap d'agulla, i, reconeixent el seu fill, començà a petonejarlo com una boja, l'empresonà entre sos braços, i esclafí a plorar amb uns sanglots que arribaven a l'ànima.

Un aaah! d'expansió desitjada desennuegà tots els cors, i, d'entre la multitud, no foren pocs els qui es sentiren espurnar els ulls.

—Sí, Toneta, sí; feliçment per a vostè, és el meu, el nen que enterren! —exclamà don Miquel fent un suprem esforç.

I caigué de seguida en braços d'un amic, desfent-se en llàgrimes, mentre d'altres, eixint de la sorpresa, van córrer a rodejar-lo i a empènyer-lo cap al pis. Una mirada de profunda compassió, escapada fins dels qui pocs moments abans el creien infame, l'acompanyà escala amunt quan ell, entregirat, plorant abundosament, no perdia de vista la caixeta.

Assossegat el tumult, el disputat cadàver ocupà el cotxe d'albats, el dol les berlines, i el trist comboi es posà en marxa, oprimint els rotllets de gent que comentaven el fet, escampats pel carrer.

—Quin malentès més terrible! Pobra dona! Pobre pare! —sentien arreu, des de dins dels carruatges, els esgrogueïts acompanyants, tot raspallant-se amb la mànega els esborronats barrets i refent-se els nusos de les corbates.

—Ca! —exclamà un d'aquests senyors—; si passen unes coses que, si les trobéssim dins d'una novel·la, diríem que són mentida!... Pobre Miquel!

Mentrestant, un esbart encara nombrós rodejava la Toneta, que, asseguda en el primer graó de l'escala de marbre, seguia exhalant-se, estrenyent amorosament el nen. La Madrona a son costat, i al davant la dida, procuraven consolar-la. De tots cantons eixien consells i precs. «Suava, estava destroçada de robes; allí feia aire; que li tiressin un mocador al coll, que li tapessin el cap.» I tres o quatre parells de mocadors es disputaren el favor amb les peces de vestir de la Madrona, que queien com una exhalació damunt el cos de sa afillada. Un altre féu notar que la pobra dona anava defallint, i, arreu, la dida, en quatre gambades arribà al pis i baixà una escudella de brou, mentre que d'altres cantons plovien, com per art de bruixeria, copetes de malvasia, aiguanaf i licors estomacals. La caritat feia miracles; la compassió vessava de tots els cors.

Arribà el moment en què el nen es posà a plorar. La Toneta l'aixecà amb amor fins a sa boca, i començà a besar-lo i a estrènyer-lo amb perillós neguit. Sols amb grans precs, i asseient-se al seu costat la dida, van poder convèncer l'engelosida mare de deixar que aquella dona donés mamar al petit. Ella el volia tocar, no perdre'l un moment dels dits, i, tot d'una, al contacte de la dida, sentia una repulsió de rival que la feia estremir de cap a peus. L'amor amb què aquella dona tenia el nen li feia mal; en son cor lluitaven contradiccions monstruoses. La cruel realitat s'oposava a sos afanys de mare, obligant-la a recórrer a serveis d'altri; i, quan se la servia amb la generositat d'aquella dona, la gelosia li matava l'agraïment. Hauria preferit una cabra a una dida; qualsevol ésser... que no s'assemblés a la dona, que el nen no pogués confondre amb sa mare.

Fins que el nen quedà satisfet i ella se n'ensenyorí altra volta, no començà a desfilar la gent.

—Bé, què fem? Aquí no ens hi podem pas estar tot el dia —féu la Madrona amb dolcesa—. Donem que dir a la gent. Ara ja et trobes refeta, oi? Ja estàs tranquil·la; ja veus que el nen, lluny d'estar malalt, està tan rodanxó que ni el coneixies. La dida te'l cria bé, te l'estima molt...

La Toneta el premé contra el seu cor amb una sacsejada seca, que no veié la Madrona. Aquesta continuà:

—Aquesta bona dona m'ha promès seguir criant-lo, i don Miquel et pagarà el didatge pel favor que li fas aquests dies.

—Quin favor? —preguntà, alarmada, la Toneta.

—El de poder amagar a donya Mercè, mentre s'està refent, la mort del seu fill.

La Toneta, arrugant el front, semblà concentrar-se en una idea que es desplegués misteriosament a sos ulls.

—És una obra de caritat que no et costa res i que devem ben bé a qui tant ha fet per nosaltres —afegí la Madrona veient néixer recels en la seva afillada.

Però llavors, com moguda per una molla, la Toneta s'aixecà i, arrapada al nen, arrencà a córrer cop al carrer, esfereïda, esquerpa, tota resoluda.

Tothom li va obrir pas respectuosament; ningú no gosà detenirla, excepció feta de la Madrona, que li va córrer darrera i l'agafà pel braç al brancal de la porta.

—Però per què fas això, filla? —li preguntà, esguardant-la temorosa que s'hagués trastocat—. Escolta, dona: assossega't, reflexiona un xic. Podràs venir a veure'l cada dia; t'hi podràs estar tant com vulguis.

—Mai més, mai més no l'apartareu de mi!...

—Mira que te'l crien bé...

—Que vingui la dida a casa.

—Hi vindrà d'aquí a uns quants dies. Ara deixa acabar aquesta bona obra... Podem matar donya Mercè.

—De poc em moro jo ara mateix.

—Però per què tens aquest magí?... ¿Quin motiu tenies per a creure que s'havia mort en Ramonet? ¿Com podies pensar que al seu *enterro* hi anessin tants de cotxes i senyors?

—No m'hi he fixat, en això. Ahir no van ser a casa en tot el dia; quan vau arribar ja eren les onze de la nit; i aquest matí, a les sis, ja n'éreu fora. Feia tres ides que no m'havíeu dut el nen; vos veia trista...

—Però no et deia que estava bo?

—Vés què m'havíeu de dir! Però jo rumiava, jo espiava tot el que fèieu, i, a la que m'he pogut escapar de la Ció, he corregut cap aquí... Veig el *cotxo* dels morts a la porta... i ja no veig res més. «M'enganyaven!», he pensat. «Mort!, és mort, el meu fill!» I, quan anava a embocar l'escala, topo amb la caixeta! ¿Què hauríeu pensat, vós? Igual que jo, sí; igual, igual! —exclamava la Toneta amb la veu trencada pel sanglot i per un panteix cada moment més sensible.

La compassió nuava el coll de tots els qui la voltaven altre cop. La dida i la Madrona ploraven a raig fet.

Refetes ja del plor, la Madrona repetí, amb veu suplicant:

—Et pagaran el didatge.

—Ja me'l sabré pagar jo; treballaré nit i dia, si convé.

—Però, filla de Déu!, tu encara estàs malalta; has de reposar.

—Cinc vides que tingués, les daria per ell, el fill del meu cor!

I, plorant, el besà per mil·lèsima vegada.

—Doncs *mellor* pots fer aquest sacrifici, que no és tan gran. Podràs venir a veure el Ramonet tant com voldràs... Serà per pocs dies. ¿Què vols més?

—No, no i no!... I aneu-vos-en a passeig totes plegades! —cridà, ja fora de seny—. No me l'arrencareu dels braços, no; em costa massa, i és meu, i no hi teniu cap dret. I deixeu-me anar; ja està acabat!

—Senyor, Senyor! Però, dona! Si aquí estarà més bé que a casa!

—Millor que a casa? Déu m'ho perdó! Aneu a dir disbarats a un altra ximple que us escolti. Potser el dia que plorés, perquè no els amoïnés, l'engegarien a la golfa, com un gat.

La Madrona es persignà esgarrifada, i, encreuades les mans, pintada la pietat al rostre, exclamà:

—Com pots pensar això de qui tant de bé ens ha fet!

Aquesta exclamació arribà tan al cor de la Toneta, que sa cara s'amarà de llàgrimes de penediment. Però, de sobte, moguda per la temor d'amollar, estrenyent-se ben bé el nen al pit i escampant dues llambregades de fera perseguida, arrencà a córrer cap a la Rambla, ensopegant amb els farbalanets descosits de sa faldilla, fets pengims-penjams sos mocadors, cridant l'atenció del públic amb sa embullada cabellera, sos ulls esbarriats i son color trencat d'esglai. La pobra Madrona es resignà a seguir-la, muts els llavis, el cor partit de pena. Darrera d'elles, cautelosament, arrecerada per les parets, seguia també la dida, com atreta per l'imant de la criatura; i quan veié que, ben aviat, una colla de badocs i xicots insolents començaven a acompanyar-les formant de seguida un d'aquells escamots que fan girar tots els caps i parar per un moment l'indiferent vianant, la bona muntanyesa s'omplí de vergonya i es ficà dins d'una entrada a plorar. La colla es perdé Rambla avall, i milers de persones, en dispensar una mirada a la Toneta, exclamaren entre si: «Una boja, pobreta!»

XVIII

L'esglai d'aquell matí causà a la Toneta un altre atac d'asístole més greu i llarg que el primer. Sols a còpia de ventoses, mostasses i excitants de gran força aconseguiren desnuar-li el cor. El metge veia cada dia més encertat el seu primer diagnòstic: era evident que la Toneta tenia una endocarditis molt arrelada: la més petita contrarietat provocaria un altre atac, posant en perill la seva existència. Convenia, doncs, sobretot, una gran tranquil·litat d'esperit.

—Bé, no serà res, no serà res; ja tornaré —va dir, en acomiadar-se, notant en les cares d'aquella família l'expressió de l'alarma. Però, tot baixant l'escala, l'home rodà el cap amb la tristor de qui acaba de sembrar confiances sabent que ha de venir el desengany.

—Sempre el mateix! —murmurà entre si—; cercar la veritat per a amagar-la als altres; remenar la brossa, clavar-se un mateix l'espina, i convertir en rialleta l'ai! que voldria escapar-se dels llavis. Sort que ja hi tenim la pell ben adobada!

Des d'aquell jorn la Madrona passà per totes les alternatives de confiança i defalliment que porten amb si les malalties de debò. La pobra dona havia vist morir massa gent per a no conèixer que el mal de la seva afillada era per a alarmar de veres; però, a fi de no encomanar la por a les noies, s'empassava les llàgrimes. Altres vegades, presa de l'enlluernament consolador que l'amor porta, s'enganyava a si mateixa donant importància immerescuda a les fantàstiques flamarades de vida que la mort troba pel camí i que no són sinó focs follets anticipats. Sos llavis tan aviat repetien aquell «Ca!, ca! Pit i fora!», com exclamaven, amb veu llagrimosa: «Pobre angelet de Déu! Malaguanyada mare!»

A mig accident de la Toneta havia comparegut la dida, atreta per l'amor que duia al pobre nen. La bona muntanyesa s'havia figurat ja el tripijoc en què es veuria de moment aquella família, i no volia que el menut patís fretura. En veure el trasbals, va ajudar a curar la malalta i s'oferí a alletar el nen, ni que fos de franc. Estava disposada a quedar-se allí per a tot el que volguessin, bé que, essent possible, desitjava portar un parell de dies el nen a casa el senyor Castellfort perquè la senyora no rebés el cop tan de sobte. Abans d'eixir, don Miquel l'havia trastornada amb els precs que en aquest sentit li havia fet.

Per gran sort, en retornar-se, la Toneta mostrà una tal flaquesa de voluntat que ho facilità tot. Esguardà el nen amb aquells ulls d'indiferència que l'ensopiment dóna, el besà, i, amb veu feble i dolça.

—Ja us el podeu endur, si me'l porteu cada dia una estona. Pobra donya Mercè! Prou pena ha tingut! —va dir, tot girant-se de l'altre cantó amb aquella peresa adolorida dels malalts.

A mitja nit, desvetllant-se, tot d'un plegat demanà el seu fill.

—No saps que l'has deixat a la dida? —féu la Madrona, que s'havia entestat a vetllar-la.

—Ah, sí!, és veritat! He somiat tantes coses, que em sembla lluny, molt lluny, aquell moment. Enceneu llum, que ja estic cansada de dormir, i aquella xinxeta em fa una tristor!...

La Madrona l'obeí, i la malalta començà a garlar com si no tingués res. «De segur que l'endemà el metge la donaria ja d'alta; quan una està mala no té somnis bonics, i ella acabava de tenir-ne de dolcíssims. Tots els bons moments de la seva vida havien renascut plens de llum, de vida, de veritat, com si tornés a trobar-s'hi. Ah, quina edat més bonica, aquella!»

—Quan penso que el nen encara l'ha de passar, ja estic contenta. I dura!, oi que dura?... Perquè, fins que una té disset o divuit anys, tot són flors i violes encara que una hagi de treballar. I és clar!, si jo em recordo que, quan em feien cosir, ens fèiem compte, amb la Ció i l'Angeleta, que cosíem robeta de nines, i, quan m'enviaven amb el cabasset de bitlles a la fàbrica, sempre trobava, pel carrer, companya per a jugar a qui corre més i fer el badoc pels aparadors... fins que passava algun xicot i ens en distreia clavant-nos una bona estirada al mocador del cap, que se'ns plegava al coll, mentre que ell fugia corrent i fent-nos ganyotes. Jo em delia davant de les nines, m'hi delia! Em recordo d'una de grossa, molt grossa, com una criatura de tres anys, que anava amb gorra de cop, faldilletes, davantalets, les seves mitges i sabatetes i tot, que servia de mostra, penjada al bell mig del portal d'unes cotillaires del carrer de la Cera. Si me n'havia causats, de gustos i d'espants! No podia passar per allí que no m'hi aturés: deixava el cabàs a terra, i, plantada com una doneta tafanera, escorcollava amb els ulls, per entre els enaguets, si li veia les cames. Una nina amb cames ben fetes i fortes em semblava un impossible, i jo pensava... (ara veieu amb què m'encaparrava!)... pensava: «¿Com la deuen posar, en despenjar-la: dreta o ajaguda?»... Un dia, tot mirant-la, ixen de trascantó dos gats enfurrunyats, que d'un bot se'm fiquen al cabàs, i... ai, Déu meu!... ells que em fan caure a terra i m'escampen pel carrer dues o tres dotzenes de bitlles totes esbullades. Mireu: vaig tenir tal espant, que les cotillaires em van haver de retornar.

—Ah!, i tu no m'ho vas dir, dolentota! —exclamà la Madrona, innocentment entretinguda.

—Oh! Perquè no em renyéssiu per lo de les bitlles! Bé prou que ho va fer el majordom, aquell Nasi, que era tan ferreny!

Així, garlant com una criatura, seguí encara bella estona; i la Madrona, escoltant-la, anava animant-se amb igual candidesa. «Aquell delit d'enraonar, aquelles recordances alegres, no podien ésser sinó senyal de salut.»

—Ca!, ca! Pit i fora! Ja la salvarem!

L'endemà ja fou una altra cosa. La Toneta es despertà de mal humor. Semblava àdhuc que la veu se li havia tornat aspra, esquerdada. Ben dejorn, s'oposà que la tinguessin fosca; i com que, per no contradir-la van obrir els finestrons, les enfilà, llavors, contra el cel, que estava ennuvolat i trist. Havent-se retirat a dormir la pobra Madrona, es negà a prendre la medicina si no la hi servia la Ció.

—No veus que és a plaça? Pren-la, dona. Quan tornarà, ja et cuidarà ella —féu l'Angeleta, afligida de veure's tan injustament rebutjada—. Mira que vindrà el metge i ens renyarà, que ens ha manat que te'n donéssim cada tres hores i et convé. Et fas mal tu mateixa. Pren-la, dona, pren.

Per tota resposta, va cloure les dents, com una criatura tossuda, i demanà que tornessin a tancar els finestrons.

—Per a veure una claror tan tèrbola, més m'estimo no veure-hi!

En arribant la Ció, sa germana va córrer a explicar-li aquella rebequeria.

—No he gosat despertar la mare perquè, pobreta!, va tan endarrerida de son!... Però ¿com ho farem, si avui s'*empenya* a tenir-te aquí, demanant-te la mestressa com et demana?

—Ja *veràs,* primer és la salut de la Toneta;

hi aniràs tu, i jo faré la teva feina aquí. Que se'n facin compte.

Entrà la Ció amb la medicina, i la Toneta no sols la prengué de bon grat, sinó que, mudant l'expressió del rostre i el to de veu, va començar a conversar amb sa amiga.

—Tanca la porta, que no entri ningú. Tinc fam de parlar d'en Lluís. Pobre Lluís!, ningú no el compadeix sinó jo! I ja veus qui n'ha rebut més dany!... Déu me'n guard, de confessar-ho als altres; però tu, única amb qui n'he parlat del primer dia ençà, ja te'n fas càrrec; ¿no és així?... Estic ben segura que, si ell sabés el que m'ha passat, el tindria aquí, ben penedit, al costat del seu fillet; no és cert? Creu-me, no té mal cor, no. És que no m'ha vist; és que no se'l pensa, el mal que em va fer... Ah, si haguéssim tingut pit per a anar a Ripoll!... Res, els homes són com les criatures: deleixen per nosaltres, i no paren fins a malmetre'ns, com fan les criatures amb les joguines.

I seguí parlant bona estona en aquest sentit, com si posés punya especial a redimir la figura de son sacrificador als ulls de l'única confident que ella tenia.

—Jo callo, m'aguanto i fingeixo davant dels altres, sols per no sentir altre cop aquella expressió tan *agraviadora* que un dia li va tirar ta germana.

—Dona, és pel molt que t'estima; no te n'has d'*agraviar* així.

—Que no m'estimes, tu?... I doncs, ¿com és que no el maltractes, com ella?

La Ció no sabia com eixir-se d'aquesta argumentació.

—Hi ha molts genis; l'Angeleta és d'aquelles que no saben guardar-se res al pap...

—¿És a dir que tu no l'insultes perquè saps fingir?

—Ai, no, filla meva!, res d'això!... i ara! —respongué l'amiga, roja, sufocada de veure's tan pobra d'arguments millors.

I tractà, encara, d'esvair aquell dubte ofensiu. Però la Toneta començà a fer una rebequeria com l'hauria feta a quatre anys. «¿És a dir que ja no podria refiar-se de ningú, ni de la millor amiga? Que tothom l'enganyava? ¿Que tothom fingia, llevat dels qui parlaven com l'Angeleta? Per a viure així, valia més morir-se. Ja ho sabia, que en Lluís l'havia deshonrada, que havia fet un gran pecat; però, ¿qui en rebia, sinó ella? ¿No els deia, ella, que havia estat sense mala intenció? Doncs ¿per què els més poc interessats no l'havien de perdonar com ella? Almenys els qui sabien que era el pare d'en Ramonet, bé el podien respectar!»

I, així, plorant i cridant, i replicant amb foc extraordinari a les raons conciliadores de l'atordida Ció, va estar mitja hora per a persuadir-se que la seva confident no pensava ni obrava com ella presumia.

Notant-li el metge certa inflor en les extremitats, ordenà que procuressin tenir-les-hi ben calentones, i digué que no en fessin cas, del mal humor: «era que sentia el temps».

—Encara no em deixa llevar?

—Per avui diu que no. Però ja et llevaràs aviat, dona.

—Sí, a l'altre món! —exclamà, deixant escapar una llàgrima.

Entrà la dida amb el nen, i, apoderant-se d'aquest, la Toneta l'omplí de petons i se'l va ajeure al costat per contemplar-lo, pregant a la muntanyesa que eixís una estona a esbargir-se. Aquella bona dona obeí, a un signe dissimulat que li féu la Ció.

Un cop fora, la Toneta va dir:

—Saps per què me l'he treta del davant? Perquè em fa enveja; tot el dia em té el meu fill; em sembla que me'l roba; i, pel temps que el podré veure...

—Quins pensaments que tens, avui! No siguis així...; lo que has de pensar és que te'l cria com una flor.

—Mira; per si em moro, et voldria demanar una gràcia: que no el separessis del teu costat, encara que et casis... Ho sents?... Encara que et casis. Jo ja sé que te l'estimaràs com si fos teu.

La Ció s'eixugà els ulls amb la camisa de batista que estava cosint; i, en veure-ho, la Toneta se li abraçà al cap estretament, barrejant ambdues les llàgrimes bona estona, mentre el nen, vermellet com un penelló, dormia amb la plaent tranquil·litat d'una criatura sana i satisfeta.

A la tarda, trobant-se sola amb la Madrona, manifestà desigs de confessar-se sense que aquesta els hi pogués esvair amb les reflexions que li feia per arrencar-li de l'enteniment la idea que havia de morir-se aviat, la qual semblava tenir clavada al cervell. Des del dia de sa desgràcia no s'havia atansat al confessionari per la vergonya de declarar la seva falta; però ara es sentia presa d'unes temors i unes cabòries esgarrifoses, que la tenien en turment. «L'escàndol promogut amb motiu de l'enterrament, el disgust causat a don Miquel, el pensament egoista de prendre el seu fill d'aquella família baldament es morís donya Mercè, feien, amb sa caiguda, una tal suma de pecats, que la tenia condemnada sense remissió; i, en canvi, una veu interior li prometia la cura, la sort del seu fill, la tornada d'en Lluís, si acudia amb tota contrició al tribunal de la penitència. Mai no s'havia sentit tan plena de fe i de desig. Aquella era, doncs, l'hora d'anar a cercar el pare confessor.»

La Madrona demanà al capellà que no li parlés de combregar-la, ja que l'havien anat a cercar només per satisfer el desig de la malalta i sense haver indicat, el metge, que hi hagués necessitat de sagraments ni perill de mort. Però, amb tot i això, aquell acte produí entre les dones un tal estemordiment, que les arraulí totes a la cuina, plorant, com si veiessin per primera volta el principi d'una fi fins llavors no temuda.

—És que se sent la mort, pobreta! —deia la Madrona, sanglotant.

—Tant que ens hem estimat! Oh, sí, que se la sent venir, sí! Vegi allò que em deia avui mateix!... —afegia la Ció, feta un devessall de llàgrimes.

I sa germana Angeleta, amagant la cara entre sos braços encreuats damunt la taula, panteixant amb grans sacsejades, no sabia acabar-se com, havent estat tan amigues sempre, cap als últims de sa vida li agafés avorriment sense haver-li fet cap tort.

No obstant, el dia següent d'aquesta escena tornà a renéixer l'esperança dins d'aquella casa. La confessió produí a la Toneta aquella tranquil·litat d'esperit, aquell plaent benestar del creient que es sent lliure del pes de la consciència. L'abril s'havia llevat rioler, vessant torrents de llum que una boirina grisenca i transparent semblava endolcir. Alegrada per aquella claror, la malalta sentia desigs d'abandonar el llit: la primavera de fora semblava despertar-li a dins una altra primavera, que li allunyava de l'enteniment la idea de la mort. Tot esperant el metge, volgué asseure's, demanà la cadernera, i s'entretingué netejant-li la gàbia, posant-li escaiola a la menjadora, contemplant com entre piulets i saltirons plegava el gra, el despellofava amb la punta esmolada del bec i se l'empassava aixecant graciosament el pintat caparró.

—L'hem de cuidar ben bé, que serà la joguina del nen. Ja veureu com s'hi entretindrà, pobrissonet!

I, veient gronxar-se com garlandes les tendres plantes enfiladisses que verdejaven part de fora del vidre, demanà que portessin l'ocellet al balcó perquè s'alegrés. Semblava que volia comunicar son alè de vida a tot allò que la voltava, com si ella fos el centre de l'existència universal. Sa imaginació cobria de flors els camps, poblava la mar de barquetes llatines amb l'ala enrossida per les esplendors del sol, i li feia comparèixer en Lluís, penedit del seu acte i abraçant son fill amb incomparable tendresa. La caritat, l'amor, sobreeixien de sos bells ulls, que la malaltia havia engrandit i purificat de color. ¿Qui podia sostreure's a la força d'aquells sentiments generosos que dominaven l'univers?

El metge li va prometre deixar-la llevar l'endemà: «primer havia de nodrir-se un xic més».

Llavors començà a assaborir les delícies dels treballs que es proposava emprendre. «La dida li tindria el nen, el passejaria: era una *bona dona* a qui el podia ben bé confiar. Ella, per un cantó, s'afanyaria força, de claror a claror, per guanyar diners, i, a les vetlles, vinga fer robeta ben bufona. Això si no compareixia en Lluís amb la fortuna de tots a les mans, com el cor li deia. I, si per cas la dida se n'hagués d'anar a muntanya, ella l'acompanyaria, encara que hagués de fer de pagesa; que, un cop forta, fins li seria bo per a la salut.»

Quan més tard comparegué la dida tornantli el fillet, ja lliure de casa els senyors per haver ja rebut donya Mercè la trista nova amb tanta resignació que els deixà a tots sobtats, la Toneta exclamà:

—¿No ho veieu, com cal ser *cego* d'enteniment per a negar que avui se'ns obre nova vida, Madrona? Déu em premia la confessió d'ahir. Veureu com, d'avui enllà, tot ens anirà vent en popa.

I, despertant el nen a petons i abraçades, l'aixecà en l'aire com si el volgués fer ballar.

I així, llevant-se i ajaient-se, lliurant-se uns dies a l'alegria boja per a caure després en doloroses melangies que partien l'ànima, avorrint avui la persona que l'endemà volia a son costat, tan aviat mostrant entusiàstica esperança en el saber del metge com maleint la seva ignorància i deixant-se lliurar amb cega fe a remeis de curanderos que la fustera i altres veïnes li preconitzaven, ara tossuda com el bou, després dòcil com l'anyell, plena, en fi, d'aquell malestar, d'aquella inconstància aclaparadora amb què s'exterioritza la lluita tremebunda que sostenen l'esperit i la matèria quan ve la mort a afluixar les llaçades de llur unió, anaren passant dies, sempre aquella pobra família sacrificada per la capritxosa tirania del mal i sotmesa a un tràngol constant de desil·lusió i d'esperança.

La Madrona, avergonyida del que havia passat a l'enterrament, no s'havia atrevit a posar més els peus a casa de sos protectors amb tot i haver empenyorat ja la major part de les pobreses per anar comportant la malaltia, quan se li presentà un jorn en Manel dient-li, de part de la senyora, que volia veure-la. La bona dona no deixà de córrer-hi, trasbalsada i tot com estava pel tropell de casa seva i malgrat la idea de la vergonya que hauria de passar.

Però donya Mercè, lluny d'insinuar la més petita queixa, parlà com una mare desventurada que podia imaginar-se com degué ésser de terrible la sorpresa passada per la pobra Toneta, i mostrant-se plena de tendre remordiment d'haver-ne estat causa involuntària. «L'única cosa que la tranquil·litzava era que la mateixa Madrona havia presenciat la puresa d'intencions del seu marit i que jamai ningú no podia presumir que aquella infeliç mare acudís allí en el precís instant de l'enterrament per a ésser víctima d'una al·lucinació tan cruel. Aquesta desgràcia tan inesperada, i la posterior generositat de la Toneta de deixar encara el fill, que tantes llàgrimes li havia costat, en poder de don Miquel, havien augmentat ses antigues simpaties per la malaurada noia, i es creia en el cas de recompensar tants sofriments per tots els possibles que tingués a mà.» Prometé, doncs, enviar-li, aquella tarda mateixa, una cistella de robeta per al petit, de la destinada al seu fillet; prometé, encara, anar a veure la Toneta per demanar-li perdó i regraciar-la, tan aviat com li fos permès eixir de casa; i va allargar la mà a la Madrona per dar-li delicadament un paquetet de moneda.

La Madrona baixà l'escala beneint Déu.

XIX

Un cop sec de timbre sobtà el ragatxo de la senyora Pepa al bell punt en què estovava el coixí de l'*americano*, fent-lo ballar entre ses mans morenes, com si assagés algun joc de *clown*. Llançà el coixí al llit, i, arrossegant els xancles, va córrer a obrir la porta. Un crit de sorpresa s'escapà de sos llavis, i, després d'un curt xerroteig, ple d'exclamacions i rialles, eixí com la pedra d'una fona cap a la sala de la dispesera, cridant:

—Senyora Pepa!, senyora Pepa! Surti, surti! Mai diria qui ha arribat?... En Lluïset, el senyoret Lluís!

El semblant de la dispesera s'inflà de joia, rebotent-li els muscles i enfondint-se-li les cisures com a un cap de goma oprimit de testa; expressió doblement caricaturesca llavors, per tal com sobressortia del fons gris que li dava la curta cabellera caiguda, destrenada i enrera, i totes les formes del cos li havien desaparegut dins del ridícul pentinador sense mànegues que duia posat com almussa de doctor.

—Cuiti, Carme, cuiti: lligui'm els cabells —digué a la pentinadora, ja bellugant-se com si la cadira la punxés.

«No estava pas bé que a una li veiessin les trampes del cap. *En Papallona* era molt capaç d'entrar-hi sense com va ni com costa. Oh, i quin un, ell, per a mirar compliments!»

—Apa, apa!, faci qualsevol bunyoc; ja em tiraré un mocador al cap i tornaré de seguida.

I, tot dient això, els dits d'una i altra s'entrebancaven per la clara cabellera com boixets de fer puntes, escorrent-se'ls els cabells i perdent tant més de temps com més en volien guanyar.

Mentrestant, a fora al menjador, creixia el rum-rum que era un gust. Les dues criades i cinc estudiants rodejaven en Lluís marejant-lo a preguntes, estirant-lo d'ací d'allà, donant-li cops a l'espatlla, aplaudint sos més senzills acudits amb rialles de la més ingènua simpatia. Per a uns havia crescut, per a altres estava més gras; qui el trobava més colrat; hi havia qui el veia igual que quan se'n va anar de la dispesa.

—Justa!, tu ho endevines! El mateix home, els mateixos pecats. *Papallona* aquí, *Papallona* allà, pertot arreu, nois, en Lluís voltat d'unes xicotes! Quines xicotes que hi ha, a València!... Però ja en parlarem; ara deixeu-me arreglar comptes amb el cotxero... Ei!, ¿en què quedem, tu, Ramona? Què diu, la senyora Pepa? Hi ha posada o no, per a mi?

En aquell moment eixí, respirant alegria, la dispesera amb un mocador al cap, enquadrantli a escaire el rostre com un marc de finestreta.

—Què pregunta, home? Què pregunta? I és clar que n'hi ha! Ei!, no podrà dormir al seu *quarto*, sap?, perquè l'ocupa en Felipet. (En Lluís no el coneixia.) Però, ja veurà, vostè és de casa.

—Sí, sí; jo sóc de casa. En una banda o altra m'encabiran, vol dir, no? I si no, vostè ja em faria una mica de lloc, oi? No tingui por, no.

I, sense més raons, pagà el cotxer, que deixà el bagul dret a l'antesala; i, tornant al menjador, volgué abraçar la dispesera entre general riota, va asseure's en una cadira ben estirat de cames, i seguí resistint interrogatori i comentaris tot fregant-se la suor de coll i front, mentre la senyora Pepa s'havia reclòs ja altra vegada a amagar-se les trampes del pentinat, manant que servissin a l'estudiant una copeta de vi ranci amb borregos.

«En Lluís venia enamorat de les valencianetes de color trencat, amb cada ull com una castanya i una sal i *salero* capaços de fer tornar tarumba el més anglès dels anglesos. De segur que el rei En Jaume n'havia vist alguna abans d'emprendre la reconquista on es va jugar cap i tot. Posades al mig d'aquell jardí incomparable, ple de tarongers, feien de la ciutat del Túria un dels millors cels de Mahoma, o, més bé, del *gran profeta* un home de bon gust, que trobà impossible i innecessari imaginar coses superiors a les que a València havia vist... Perquè de segur, de segur, que hi havia estat, també. Tots sos companys havien d'anar-hi. Ell havia fet més conquistes que el Tenòrio a Sevilla.»

Aquells estudiants l'escoltaven embadalits i morts de riure; les minyones interpretant aquelles imatges amb certa enveja i condol. «Com si no fossin prou *guapes*, les catalanes! Ara ves si els pintaria la cigonya!»

S'obrí la sala de la senyora Pepa, i passà, atrafegada, molt cenyit al cos el llarg mocador negre, la pentinadora. Darrera seu baté la porta del pis, fent ressonar tota l'escala, i, pocs minuts després, comparegué al menjador la dispesera, lluent de cap i amb els plecs de la bata tots estiradets com aquell qui acaba d'endreçar-se. Amb una mirada reganyosa escampà d'allí el servei emperesit.

—Feu-li lloc, feu-li lloc! —cridà *la Papallona* atansant-li una cadira—. Vaja, que ja tenia ganes de veure-la. Demà me'n vaig cap a casa i hem d'aprofitar l'estona.

«Eren les onze del matí. Això no seria sinó tocar clau i fora, cosa que no podien permetre; havia de quedar-se un dia més. Tots li ho pregaven a l'una; l'endemà era Diumenge de Rams. On aniria, en semblant diada?»

—Ho he d'aprofitar tot, perquè me'n vaig a Ripoll a passar només la Setmana Santa amb la mare. Ja no hi vaig ser per Nadal. La mare m'espera, pobreta!

—Essent així, no el vull detenir; vagi, vagi! —féu la senyora Pepa.

La bona dona, que tenia son únic fill qui sap on, trobava molt enraonat l'amorós afany d'en Lluís.

Llavors els estudiants van començar a desfilar per a reveure's a taula, i dispesera i estudiant se les van enramar per a una conversa llarga, comunicant-se el que havia passat durant l'absència, sense resar ni un mot de la Toneta ni de la Madrona. N'havien parlat ja prou pel setembre, quan en Lluís passà anant a València. Aquest havia mostrat repugnància a creure's autor d'aquell fracàs, ni la cosidora ni la Madrona s'havien deixat veure per la dispesa després de la carta d'en Tomaset, i, tranquillitzats estudiant i dispesera per aquell silenci, tot allò se'ls havia esborrat de la memòria com un record de tants. «La Sofia era casada; la Sumpteta seguia tan fastigosa com sempre, fent els tatos amb en Felipet (el nou estadant de la cambra d'en Lluís), un estudiant de Medicina que les tenia totes esparverades amb els caps de mort i altres fragments humans que deixava escampats per la seva taula; les planxadores del costat vivien en un altre carrer; el senyor Ignasi s'anava civilitzant (de tant en tant eixia al balcó a parlar amb la senyora Pepa); però en Lluís feia una gran falta; el carrer d'En Roig semblava un cementiri, puix els altres companys no eren a casa sinó per a menjar i dormir.»

—I en Tomaset? Què fa, en Tomaset?

—Fins aquest ha canviat de vida; ja veu si n'hi ha, de trasmudacions! Sap què fa, ara? Juga a la *bolsa*... Oi, fill!, a la *bolsa,* a la *bolsa!* Diu que la gran ciència és saber fer-se ric en poc temps; que el seu pare estarà més content si se li presenta dient: «Aquí ve un potentat», que no pas dient: «Aquí ve un enginyer».

—Oh!, ¿com li hauria dit, això, sense estudiar?

—I ca, home! Si el que li deia *somiatruites* a vostè, encara ho és més ell!... Ja veurà: a mi em sembla que qui s'exposa a guanyar s'exposa a perdre; no és *aixins?* Però no, no; fins ara *fa bones.* Això sí, llevat d'una estona a la tarda, tot el sant dia, vespres i tot, és al *bolsín...* Vull dir, els vespres, a la porta del *Liceio,* m'entén?... No deurà trigar a venir, que ja s'acosta l'hora de dinar... Ah!, Lluïset! escolti: vostè em podria fer un favor. Sé que ha deixat anar, en Tomaset, que ara potser es buscaria una altra casa, perquè ho té massa lluny del *bolsín.* Vegi si l'hi treu del cap; perquè on estarà tan bé? Vostè ja sap que aquí no és cap casa de dispeses, que aquí no s'escasseja res, que això és viure amb una mare (mal m'està el dir-ho). *Varà,* Lluïset, el *quarto* jo el tindria ben aviat llogat; l'anunci al *Brusi* i és cosa feta; però vostè ja ho sap; a mi no m'agrada de veure cares noves; i ell... (és que tot s'ha de mirar, fillet!)... ell em dóna tres duros més que els altres. Ja veurà, també és més ric; també guanya i els altres no.

La cambrera els interrompé entrant per parar taula, operació en què es disposà a ajudar-la la senyora Pepa.

En Lluís apuntalà la cadira a la paret, i, mig ajaçant-s'hi, començà a llegir el diari. Però, com de sobte es recordés que anava brut del camí, demanà aigua per a esbandir-se un xic, i la senyora Pepa s'atrafegà per arreglar-li per a aquest ús el seu propi rentamans, proveït de la corresponent tovallola neta, que feia, però, tuf de sèu.

Mentrestant el timbre de la porta no parava amb sos cops secs i esquerdats de moneda que cau a la bacina, i, en l'immediat menjador, plats i coberts, posats en renou, movien una fressa semblant a la que es fa sacsejant vidre i ferro vell. Tots els estudiants anaven compareixent. El sol entrava pels balcons amb aquella claror ensopidora de la migdiada, i, de la cuina estant, la Ramona, amb veu de nas i tonada trista i sorneguera, tot remenant les fumejants olles, cantava:

«Allí a sol ixent... al peu d'una roca...
en un llogarret... que se'n diu la Pobla...
ne tinc jo l'amor... que se'n diu Antònia...
que quan el sol ix... ella se'n va a l'ombra...
De tan blanca que és... n'apar una monja...»

Era, la cançó d'aquella ventafocs, una balada popular un xic roïnesca, en la qual figura una noia que enganya el seu estimat, i quan aquest se'n va, tot trist, a fer-se soldat de la *Gira groga,* muda de determini sentint un company que li diu:

«No et facis soldat — per una minyona;
de guapes n'hi ha — al lloc de la Pobla;
de guapes n'hi ha — com era l'Antònia.»

Una tarda, que estaven entendrits d'amor ell i la Toneta, escoltaren tota aquesta cançó, i, gairebé amb llàgrimes als ulls, ell havia mostrat temors de trobar-se en el cas de l'amador enganyat. «Era allí, en aquella mateixa sala, quasi a la mateixa estació de l'any; encara veia les cadires on seien un i altre, la tauleta de cosir... Com havia canviat tot!»

I una barreja d'aquells amors i de ses aventures de València desfilava callada pel panorama de sa memòria, removent-li un pes somort de consciència, quan es badà la porta i entrà en Tomaset obrint-li els braços.

«Acabava de guanyar cinc-cents duros a la baixa! Fora el dinar a la dispesa! S'havia de refrescar! Ells, en Sugranyes i en Marlet, dos satèl·lits de divuit anys, dinarien a *La Perla,* a quatre passos del *bolsín.* L'*americano* pagava.»

—I ara!, ¿per què se l'ha d'endur quan acaba d'arribar i no el podem tenir més que hores? —exclamà la dispesera—. ¿Que per ventura no es menja bé, a casa?... *Mellor* que al restaurant.

—És un extraordinari, dona. Ja vindré a sopar, vaja; ja vindré a sopar —féu en Lluís, agraït del bon afecte.

—I deixa-la estar! —exclamà a mitja veu en Tomàs, estirant-lo per l'americana—. Sugranyes! Marlet!, au!... Dia de xerinola! Preneu els barrets i cap a *La Perla.* Jo pago.

La senyora Pepa i la cambrera, plantades davant la taula, miraven compungides els plats sobrers; i la Ramona, des del llindar de la cuina, s'exclamava que fessin malbé així la vianda. «Tot just un dia que s'hi havia mirat tant pel senyoret Lluís! Allò, aquell *americanot,* era un esgarriacries.»

Mentrestant anaven entaulant-se els altres estudiants, sentint no ésser de la partida, i un cop de campana anuncià l'arribada del senyor Ignasi.

—Miri, miri qui hi ha, aquí.

L'home es permeté de somriure un poc, preguntà a en Lluís, tot allargant-li la mà, com li havia anat per València, i, obtinguda resposta, se'n va anar a ocupar el seu lloc, tancà les ulleres, i, amb sa ingènita gravetat, enfonsà la llossa a la sopera i començà a servir-se pausadament fins a tenir el plat a curull.

—*Si gustan?* —féu sospesant la primera cullerada i disposant-se visiblement a no pronunciar un mot més.

—Gràcies.

—Gràcies, que vagi de gust —respongué, mofant-se, en Tomaset—. Bé, ja esteu a punt? Anem, doncs.

La Papallona donà un afalagador pessic a la senyora Pepa, i els quatre estudiants es llançaren escala avall, omplin-la d'alegre terratrèmol.

En deu minuts van arribar al restaurant, on pujaren amb pas triomfal els dos més jovenets, com si anessin a fer una gran calaverada.

Un mosso els instal·là en una saleta, al mig de la qual hi havia una taula parada, amb un ram de flors al centre. Rebia, aquesta peça, llum zenital, i, en lloc d'embà, en un dels caps hi havia un senzill paravent de tela dissimulat amb el mateix paper de les parets. Així, amb pocs diners, l'amo havia improvisat un altre *reservat,* ocupat per dues jovenetes i dos joves alegrement aparellats. Aquesta feliç concomitància acabava de dar color a l'escena que als ulls d'en Sugranyes i en Marlet tenia els seus punts de tiberi.

Així, mentre els altres dos, esperant el dinar, picaven les olives i els ravets, flairaven els quadres penjats o fullejaven la llista, ells tot era escoltar les sonores rialles de les veïnes, plens de fruïció, i tafanejar, per les escletxes del paravent, si eren rosses o morenes, lletges o *guapes,* i com anaven vestides.

—I doncs, que no hi haurà xampany? —féu en Marlet notant la falta de copes per a beure'n.

—No faltava més! —exclamà, rumbosament, l'amfitrió.

I donà ordre que en portessin quatre ampolles de primer antuvi, i que no manqués pas el vi de Sauternes per a les ostres. Seria un dinar com cal: l'*americano* es volia lluir.

Però... i com els feien esperar!, mai no acabaven! La vista d'aquella taula amb les cadires a ella encastades com recordant el precepte de la urbanitat que priva de tocar-les fins que l'hora sona per a tots, els comunicava una insuportable frisança. Mai tan enyorat un divan o un sofà. La sang jove els dava desatent. Tots els recursos de la distracció restaven exhaurits;

els veïns, dels que s'havien adonat de la companyia, parlaven baixet i tenien els ulls fits en les escletxes; el paladar ja no volia més aspror d'olives; cada un d'ells s'havia ja menjat un llonguet.

Per fi van arribar les ostres i començà el dinar. Eren les tres, hora piadosa!

En oir aquell cruixit del marisc i els plats, els veïns, sentint-se lliures de l'espionatge, van reprendre la broma, i llavors van tornar a esclatar per allí rialles, al revés del que passava entre els estudiants, que parlaven en veu baixa, lliurats a tota mena de suposicions referents a les *fulanes*.

En Lluís inventava novel·les, i en Tomàs pregava que fossin més homes, que els deixessin estar. Una estranya enveja, una criaturesca rivalitat de calaverisme, s'apoderà, per això, gairebé de tots ells, i llavors van començar a soltar acudits relliscosos, a contar conquistes llegendàries, a fer els fatxendes, a trobar dolent el que els servien, a trencar alguna copa amb esparpall i a buidar ampolles a dojo. En Sugranyes i en Marlet fingien disputar entre ells, buscaven raons al mosso i parlaven desaforats, l'armilla descordada i dant-se grans cops al pit. Enmig de la fingida disputa, encenien cigars per a llençar-los a la segona pipada, i en tornar a asseure's, procuraven fer caure algun plat amb el colze. *La Papallona* anava perdent l'oremus mig a l'escalf de la broma, mig al vapor de les copes que s'anava ficant al cos. Qualsevol hauria dit que era tan criatura com aquells dos nois. En arribar el xampany, s'enfilà a la cadira, i, la copa a la mà esquerra, a la dreta l'ampolla penjant, entonà el brindis de *La Gran Duquesa,* fent-li cor els altres. Per fi, ventà l'ampolla a la paret, disputant arreu si era allí, on havia topat, o a terra. En Llassada, que, si s'havia entretingut exaltant-lo, no va perdre un moment el seny, es meravellava de veure'l tan eixelebrat i criatura. Els altres dos companys aplaudien desaforadament.

En fi, quan aquells joves van baixar l'escala, amb els colls del sobretot drets i els barrets al clatell, quedava provat que, «com a plagues i terribles, ningú, ningú no els passava la mà per la cara!».

XX

Quan els companys el deixaren, no tenint res a fer, en Lluís eixí, pel Portal de l'Àngel, cap al passeig de Gràcia, per esbargir-se un xic. Els fums del xampany li havien pujat al cap i se'l sentia pesant i tèrbol. Caminà una estona, i s'assegué en un pedrís davant el primitiu Tívoli, avui carrer d'Aragó, posseït de sensual peresa.

Els arbres començaven a brotar, una suau marinada els feia tremolar el tendre fullam, i el sol davallava pausadament cap a l'altra banda de Sant Pere Màrtir, com bomba roent que, a son pas, foradava un escampall de núvols esfilagarsats i de colors de peixos de sortidor. En Lluís no pensava en res: es complaïa sentint-se lliscar pel front aquell aire fresquet, dibuixava amb el bastó, distretament, en l'arena, acompanyava una estona amb la mirada alegre les dones *guapes* que passaven, o contemplava embadalit les pintoresques transformacions d'aquella posta de sol. A voltes li llampegava per la memòria algun record del dinar, i somreia, es reia d'ell mateix.

Així el crepuscle anà avançant; aquells núvols de foc van anar tornant-se morats, tenyint-se de zinc, agrumollant-se, i, per fi, prengueren forma de fantàstica cigonya sense potes, que restà nedant per l'horitzó verdós. Llavors en Lluís s'aixecà i emprengué el camí de la ciutat vella. Aquella posta de sol no havia aconseguit entristir-lo; sentia refetes les forces, i, fora la pesantor del cap, aquell enterboliment es transformava en esbojarrada alegria. Per la plaça de Catalunya formiguejava un devessall de gent i cotxes que venien de la Rambla; i, quan embocà aquesta via, la trobà plena de marejador moviment.

Era al bo del mercat de les palmes; era l'hora de retorn de passeig, quan hi confluixen tots els cotxes de luxe, tota la gent elegant. La Rambla dels Estudis era plena de llorers; la de les Flors presentava, a una banda i altra, llargs rengles de palmes que es vinclaven i es movien graciosament sota l'arbreda. L'espai s'enfosquia a mesura que *la Papallona* anava internant-se per l'ampla avinguda; els vianants anaven convertint-se en meres siluetes de colors esmorteïts, dels quals ressaltava la blancor de les camises, bruscament barrades de negre per les corbates; clarejava pel brancam aquell cel de color d'aigua que té tota la melangia dels estanys; i, al darrer terme del passeig, damunt la negror dels caps, brandejava tot un bosc de palmons que s'entrellaçaven en arcuacions gòtiques, flamejaven isolats o avançaven drets com gegantins plomalls. Era un bosc d'Orient que caminava amb la remor del vent enjogassat, ple dels crits i alenades de joia d'una entrada triomfal. I, al costat d'aquesta maror atordidora, interminables rues de cotxes particulars, amb les cobertes llepades per aquella llum crepuscular, acudien de tot arreu a augmentar la confusió dels òmnibus i carros, sembrant l'esglai a cada pas, trencant la torrentada de la gent de peu.

En Lluís, aquell xuclador de l'alegria veïna, que ja duia el cervell prou inflamat per la recent disbauxa, es sentí ben tost bullir les sangs. Un mareig, una embriaguesa d'imaginació, tant més violenta com més privat es trobava d'esbravar-la, s'apoderà del seu esperit. Allà, al lluny, anaven encenent-se saltats fanals; allà, al cel, encenent-se els primers estels; pel seu costat desfilava tot un floret de noies rialleres; l'hora de l'amor venia volant amb son vel misteriós, encenent antorxes, llançant sagetes, despertant dalers.

I, així inflamada sa imaginació, es trobà, en Lluís, detingut sobtadament a la travessera dels carruatges, davant de la Porta-ferrissa. Llançada la vista a la sort, albirà una dona que emprenia la vorera, llesta com una daina, girant contínuament el cap com si s'escapolís d'algú. Sa silueta era distingida. Cobria-la de dalt a baix un *water-proof* negrenc, i un vel espès de blondes, caigut a mitja cara i entortolligat al coll, amagava tota sa fesomia, com si no bastés a escondir-la la foscúria del carrer.

Prou va conèixer en Lluís que era una senyora; però aquell caminar recelós, aquell afany evident d'amagar la cara, aquell propòsit meditat d'interposar entre ella i la gent com cal tota una muralla de carnatges, li van engendrar el desig de seguir-la.

«Allò era misteriós: aquella dona duia algun tràfec.» I, obrint-se pas entre la gent i defugint els avalotats carruatges que anaven Rambla amunt, es plantà a la vorera. Oh, sí!, s'hi plantà, hi restà plantat, cercant debades, amb la vista, amunt i avall, ací i allà; la fosca s'havia xuclat, com una fantasma, aquella incògnita. No hi feien res, els fanals encesos; l'esblaimada claror del capvespre vencia encara l'artificial, tan pobra i defallida que més semblava agonitzar que néixer. Les bombes de gas dels balcons i aparadors, que veia en Lluís a dret fil, tenien el flam trist d'un llum d'oli, i la il·luminació interior de les botigues sols feia, de les portalades, clapes de color rogenca que, en escampar-se a la vorera, definien en rosat. S'hauria dit que una mà invisible ho havia emmascarat tot de gris: arbres, cases, vestits i rostres.

Les palmes i els llorers que es gronxaven per l'aire es veien a contraclaror, destenyits com vegetació fantàstica. Pertot arreu aquell misteri, aquella falta de cos, aquella indecisió: la mateixa vaguetat que el bull-bull de la disbauxa sostenia encara en l'esperit d'en Lluís. Els anants i vinents que s'encreuaven per la vorera, sols en atansar-se prenien cos; en allunyar-se s'esvaïen com una bufada de pols.

La Papallona donà per perduts sos passos, i se'n tornà al mig del sorollós mercat, deixant-se endur pel corrent que baixava. De sobte, a contraclaror d'una drogueria, veu destacar altra volta en silueta aquell *water-proof,* aquell vel de blondes. Era a la vorera dreta; la dama s'escapolia, lliscava per les parets, fregava a flor la gent amb pas fugitiu. Ell hi corregué; però, en arribar al Pla de la Boqueria, on la llum natural, sense l'arbreda, semblava encara esplaiar-se, es sentí com marejat per l'amoïnós traüt de persones i cotxes que allí recobraven color i relleu. No havia atrapat encara l'escomesa dona, i va creure que altre cop se li escapava. Era que havia tombat pel carrer de l'Hospital.

—Bé, molt bé! —exclamà en veure que trencava per aquells barris.

I en quatre salts se li plantà al costat i li tirà amoretes. Ella s'estremí, girà el cap amb altivesa, i, tornant-se'n rabent cap a la Rambla, es fongué qui sap a on.

Aquesta endiastradura enardí l'interès de l'estudiant. «No hi havia dubte: duia un tràfec entre mans. Ell volia descobrir-lo. Aquella manera d'anar, l'hora... que era l'hora dels misteris, dels embolics, dels amors d'amagatotis...» I escorcollava amb els ulls, flairava, escoltava com un caçador. No podia haver-se-li escapat de deu passes, i les recorria, resseguint esverat, infatigable, fins els recons més foscos. «Si tornava a atrapar-la, no seria tan imprudent: la seguiria d'amagat.»

«Però... ai!... ella! Sí, ella, plantada al peu d'una escaleta, escorcollant-ho tot amb desconfiança.» En Lluís buscava fer-se invisible entre els vianants, desitjava fondre's per un moment. Per dissort seva, si el cel s'enfosquia, s'aclaria la terra: el gas començava a brillar amb esclat; les botigues llançaven claror a doll; els carruatges minvaven notablement.

Però ella no el va veure. Creient-se ja lliure de sa persecució, s'aventurà a eixir del cau, i les emprengué novament Rambla avall, sempre frec a frec de les cases. *La Papallona* anava cobejant-la des del mig del passeig. Pensava en les conquistes, en les aventures llegendàries del dinar, i l'omplia de satisfacció el considerar-se en camí d'assolir-ne una potser més sorprenent; «perquè, amb picardia i desaprensió, aquella dona era seva; no hi havia remei»... I, així pensant, no n'apartava la vista, tan aviat dominant-la del tot al mig de l'escampall de llum que vessava el Liceu, com veient-la reduïda a mera ombra entre la foscúria d'una paret, o bé fantàsticament acolorida per les clarors verdoses o vermelles que llançaven els aparadors de les farmàcies.

Quan més ho desitjava, *ella* trencà pel carrer Nou. «Un carrer tan sospitós! Oh! No hi havia dubte!»

I l'estudiant emprengué, tot ufanós, aquella via, i seguí, seguí animant-se, assaborint ja son triomf, curant ben bé de sostreure's a les llambregades que la tapada dava encara de tant en tant, amb recel. «Oh!, seria deliciós! Com es quedaria, en veure-se'l davant!»

Gent gansonera, parada a les portes dels cafès o de les botigues, els feien baixar de la vorera, i una de les vegades tornà a perdre ell la fugitiva. Llavors *en Papallona* travessà adalerat el carrer, i, en passar pel mig de la gent entre la qual aquella havia desaparegut, es veié sorprès: la fugitiva estava plantada d'esquena al peu d'un aparador de basar, amb posat de recelosa. Un somrís, que ell interpretà com de delicada promesa, s'escapà d'aquells llavis que les blondes no cobrien, i l'escomesa fou llavors més valenta, més tossuda que mai.

Amb el cor agitat, els ulls encesos, la imaginació exaltada, l'estudiant seguí sa *conquista* per les fosquedats dels carrers de Lancàster i de l'Arc del Teatre, fins a parar-se sobtadament en la travessia de Montserrat, davant la casa on entrà la desconeguda. D'una llambregada en Lluís resseguí tot aquell davanter, tan amagat per la fosca que sols s'hi veia el llarg enfilall de finestretes per on la llum de l'escala espargia una claror de color de taronja. Davant seu tenia l'entrada, estreta i petita, on ja s'havia introduït la gruada dama. «En Lluís no podia titubejar; la misèria que allò respirava era prou eloqüent. La rata havia caigut a la ratera.» I entrà decidit, i s'aventurà a pujar escaleta amunt, sentint panteixar la perseguida, veient a cada revolt escórrer-se pel replà superior la faldilla de seda, que l'aire inflava per sota el *water-proof*. I una rialleta d'esperança i d'orgull de conquistador li il·luminava la cara, i, com més anaven pujant, més delit prenia, més ratxes de satisfacció bufaven per son esperit encès.

—Oh!, tu em vols fugir! No te m'escaparàs! Amunt sempre! ¿Què vol dir que em portis fins a la teulada? Amunt, amunt sempre!... Tu faltes amb un altre; falta, doncs, també amb mi; d'home a home no hi va res. Sí, seràs meva. Ja et tinc; no te m'escapes.

La fugitiva, però, no es parava, sempre escala amunt, lleugera, portant-li avantatge com un foc follet. I, així arribant al darrer pis, trucà, i s'obrí la porta al mateix temps que l'estudiant assolia el replà.

—Ai!, donya...!

L'al·ludida li ofegà la paraula tapant-li la boca, i, plantant-se al llindar, aixecant-se el vel, que li amagava la indignació massa pintada a la cara, manà, amb veu imperativa, a en Lluís, que entrés. Aquest vacil·là, i, en fer acció de tornar-se'n, sentí que l'enguantada mà de la senyora el detenia amb força.

—És un bon amic que m'acompanya... Entri, entri... —seguí fent, amb veu trèmula i amenaçadora alhora, la desconeguda.

I plantada entre en Lluís i la porta, servant sempre aquell posat altívol que omplia al galant de confusió, l'obligà a avançar, amb la noia de la casa, pis endins, anunciant-lo com «una ànima caritativa que l'havia acompanyada amb el desig de fer una obra de misericòrdia».

I aquestes paraules van extremar tant la confusió de l'estudiant, que una flamarada de vergonya li abrusà tots els desigs impurs. En aquell moment se li posà de manifest tot el que tenia d'injuriosa sa equivocació: més que humiliar-se, cedint al tremolor dels genolls, que se li anaven a cloure amb reverència, hauria volgut fondre's. Ell no sabia on era; però, aquella misèria que abans havia pres per lliurea del vici, ara l'enlluernava amb la resplendor de la caritat allí present, insultada, escarnida per sos baixos instints. I es descobrí humilment, i acotà el cap, i seguí com un anyell, desitjós de redimir-se als ulls d'aquella dama.

—Com està? —preguntà aquesta amb evident angúnia.

—Molt mala, molt mala, donya Mercè —respongué, plorant, la interpel·lada—. Té un panteix, una sufocació, que no la deixa viure. El metge ens ha dat molt poques esperances; fins ha dit que potser no passarà d'avui.

Aquesta era també l'ambaixada que havia dut a la senyora sa cambrera Anneta. Donya Mercè, que des de sa malaltia no havia eixit de casa, no s'hi va pensar més. «No volia que la pobra Toneta es morís sense haver rebut un *adéu* agraït, sense haver dispensat una mirada de perdó a la qui, involuntàriament, havia ajudat a matar-la.» I es tirà damunt un abric, i es tapà la cara i emprengué el camí fugint de tot encontre amb el seu marit, que l'hauria detinguda; escapant, Rambla avall, a la casualitat de trobar-lo; ben aliena, per cert, al fet que el vici i la lleugeresa vinguessin a insultar-la amb llurs desvaris. Quan ella rebé el primer afront, tractà d'escapar i esborrar el rastre; però, un cop convençuda que tot era inútil per a esvair la porfidiosa ceguetat d'aquell jove viciós, es revestí de forces i recorregué a l'enginy per a curar-lo. «El faria entrar, posaria el vici per davant de la suprema batalla de la vida, més horrorosa que la mateixa mort.»

L'estret corredor i la saleta que van haver de travessar eren foscos. Un recolliment alarmant, aquell silenci reblert d'angúnia que nua la gola, que clou els llavis, que endogala el cor i fa caminar de puntetes, regnava allí. S'obrí el dormitori vessant resplendor i olor de grum, de temple, i *la Papallona* s'esverà. Volia fugir, però el respecte imposat per remordiment li barrava el pas. Allí hi havia el llum: l'hora de cremar-se les ales era arribada.

Ell, l'autor d'aquella desventura, estava allí plantat com en un món desconegut. Sentia el fatic de la malalta a través de la cortina, i no sospitava que aquella fos sa víctima; veia una criatura adormida a la falda d'una dona, allí, al peu de la calaixera que tenia al davant i el cor no li deia que aquell angelet era fill seu, sang de la seva sang, vida de la seva vida. La Madrona, les noies, que rebien donya Mercè amb llàgrimes d'agraïment, sols van dispensar-li, a ell, la mirada freda que s'enduu el lacai.

De sobte, en la curta conversa que s'entaulà entre aquelles dones, sonà el nom de *Tone-*

ta. Una idea terrible ferí el pensament d'en Lluís, aquest resseguí amb els ulls, de dalt a baix, la gegantina Madrona, i en aquest precís instant va sentir anomenar-la. «Oh!, impossible, impossible! ¿Aquella era la Madrona de la carta d'en Tomàs?... ¿I la Toneta, sa víctima abandonada sense compassió, sa antiga estimada, la moribunda? Oh!, no podia ésser, no podia ésser!»

Un impuls irresistible el llançà al mig de la cambra, i sos ulls es van clavar en aquella alcova, que, entremig de les cortines, estenia sa taca blanca, esplendorosa de llum. I allí dins, en companyia de persones per a ell estranyes i d'un sacerdot, asseguda al llit, aclaparat el cos en el tou recer d'una pila de coixins, sí, sí, hi havia la Toneta! La sang se li glaçà a les venes, la veu se li ofegà a la gola, i tot ell restà com clavat a terra sense apartar els ulls d'aquella horrible visió. Tots els presents el contemplaven sorpresos, esperant sa primera paraula, sa primera acció, moguts d'una vaga sospita; mentre que ell, estrany a tot allò que no fos la malalta, seguia observant, espaordit, com s'esborrava sa impressió primera. «No, no ho era, aquella, l'estimada d'altres temps!» Rebegut el rostre per la demacració, sense color els llavis, oberta l'assedegada boca, tenyida la pell de reflexos blavosos, els ulls mig girats en blanc amb expressió dolorosa, realment la Toneta no servava ja de sa fesomia sinó aquell perfil general que ens fereix la memòria i que la contemplació sostinguda sembla destruir. Com més la mirava, més la desconeixia, major punya posava a tranquil·litzar-se a si mateix cercant, esperançat, la demostració completa d'haver sofert una al·lucinació; però sa mateixa insistència deia prou bé que la demostració no arribava mai. De sobte, la malalta abaixà l'esguard, el fixà en el de l'estudiant, una flamarada de vida abrandà aquells ulls grossos poc abans esmorteïts, i amb sorpresa de tothom, se li parà el panteix, extraordinària joia li il·luminà la cara, i nova, nova a la vida, cridà:

—Lluís! Lluís!

I sos braços secs i escardalencs de morta es van llançar amb deliri sobre la humiliada testa de son estimat. La sorpresa esbalaí tots els presents. «¿Era somni o realitat, allò que veien? En Lluís! ¿Com havia arribat allí en aquell instant suprem? ¿Dut per donya Mercè, que no el coneixia?...»

I aquesta perdonava la injúria rebuda i regraciava la Providència d'haver-li proporcionat, amb tan poc esforç, el mitjà de recompensar les tribulacions d'aquella mare. Un sentiment de profunda tendresa, aquell goig que obre dolç pas a les llàgrimes, envaí tots els esperits. El confessor, tothom, eixí de l'alcova sense dir-se un mot: tots anaren escampant-se per les cadires; s'hi asseien a tall de fumador per ajeure's el cap entre els braços i millor reprimir els sanglots d'aquell plor que omplia el dormitori de remors de gruta.

Mentrestant, una reacció miraculosa vencia

el mal: l'agonia, que semblava avançar, havia parat en sec; aquell panteix curt i fatigós de màquina que es refreda es transformava en respiració expansiva i assossegada; aquell cap, mullat de suor freda, inquiet com el pèndol d'un metrònom, reposava amb dolça inclinació; i, com si sang nova acudís a animar aquella cara, sos ulls recobraven esclats de mareperla i en sos llavis apuntava tota una aurora de vida. Sí, la Toneta renaixia a les portes de la mort, regenerada per l'aparició d'en Lluís, de l'estimat que plorava penedit, caigut sobre sa falda. «Aquell retorn, aquella esperança covada tant de temps, s'havia realitzat, i ja ningú no podria malparlar del pare ni de l'espòs: un instant de penediment esborrava totes ses culpes.»

I la Toneta cridà, amb sa mà de redoltes, la dida, i presentà el fruit innocent de ses entranyes, adormidet com un àngel, gemat com una poncella, a son pare. Un torrent de llàgrimes li acudí als ulls. *En Papallona* tenia el cor partit; tots els seus sentiments generosos es giraven contra son passat, clamaven per a redempció. Volia ésser espòs i pare, rentar aquella taca tremebunda de frivolitat i egoisme.

I a son crit de penediment respongué un crit de glòria, entelat pel plor.

—I quan, quan els podrem casar? —féu la Madrona a l'orella del confés, bo i ni podent confegir la pregunta.

—Ha de ser aquest vespre mateix, aquest vespre mateix.

—Vol dir? Ja ens ho consentiran? ¿No podríem esperar que estigués curada?

El bon capellà la mirà de cap a peus, tot sorprès, i, aixecant-se, va respondre, amb pena:

—Jo mateix vaig a cercar el senyor rector. A darrera hora val més la nostra experiència que la dels metges.

—Però que no veu que sembla una altra?

—És la revifalla de la mort, santa cristiana! En l'estat seu, aquesta impressió l'ha de matar.

La Madrona s'amagà la cara amb el davantal, i el sacerdot eixí corrents, topant a la porta amb en Castellfort, que venia tot alarmat cercant sa muller.

—Què has fet?

—La Providència m'ha enviat; calla.

I ambdós esposos es van retirar a un recó per enraonar en veu baixa.

—Pit i fora! —no trigà a dir-se la Madrona.

I, enviant-se les llàgrimes i traient forces de flaquesa, s'aixecà i cridà ses filles perquè l'ajudessin a estirar la gira del llençol i a endreçar tot el llit de la malalta per tal que fes més goig la cerimònia.

—Ja t'esperava; ja ho sabia, que no ets dolent —deia, mentrestant, la Toneta a en Lluís, amb aquella veu dolcíssima i trista dels qui se'n van—. ¿No ho veieu —afegia, mirant la Madrona i ses noies—, no ho veieu, com ha tornat i m'ha curat tots els mals? Mai no m'havia trobat tan bé... I ens voleu casar ara! Que ens casin; tant i tant ho he esperat!... Que ens casin, oi, Lluís?

—Sí, ara, ara! —s'embarbussà aquest, amb un nus a la gola.

—Però no perquè Déu m'hagi d'arrencar del costat vostre, no. Mira: respiro bé. ¿Veus, ara que m'estoven els coixins, com em tinc? ¿Ho veieu? Millor que fa vuit dies... Em curaré, ens en irem a Ripoll, o on vulguis, amb el nen i la dida, i viurem com a sants cristians. Veuràs, que bufó que és! Té el mateix nasset que tu, i aquí, darrera l'orella, la mateixa pigueta que un dia jo et reparava... Vaja, no ploris més, tot ha passat... ¿No m'heu dit que hi ha donya Mercè, allí a la saleta?... Feu-la entrar. Per què no ha entrat, pobra senyora?

I va rebre donya Mercè i don Miquel. Plena del mateix goig, els demanà perdó de l'arravatament passat, que ara no sabia explicar-se; els va dar mil i mil mercès per totes les obres de misericòrdia amb què l'havien afavorida, i els presentà en Lluís tota cofoia, sense ni sospitar com havia arribat fins allí.

De sobte li vingué un atac de tos que els posà tots en alarma. En Lluís la sostingué amb passió; l'auxilià, espaordit, notant que estava a punt d'envair-la altra volta aquella blancor de morta, aquella suor freda d'abans. Ella s'esforçava a reanimar-se, a tranquil·litzar-los tots; volia parlar, i batallava per esqueixar-se el tel que se li posava a la gola, per eixamplar ben bé els pulmons, que altra volta es sentia lligats i pregonament rogallosos. «No, no es volia morir; no es moriria! ¿Per què cremaven tants llums, des de mitja tarda? Perquè la vista se li enterbolia, i ella els havia fet encendre assedegada de claror. Però ara el veia bé: podia comptar fins la darrera pestanya d'en Lluís. Oh!, no estava mala, no; aquell pes del pit li passaria; potser duia massa mocadors damunt.»

I volia treure-se'n, i en Lluís veia, amb espant, com la roba lliscava d'aquella mà de cera, encara engalanada amb l'anell que ell li havia regalat. Els dits no feien sinó esgarrapar el mocador a flor, perdien visiblement la força... «Ah! Per Déu, per Déu! Ell li hauria dat sang de ses venes, per restituir-li la salut!»

Llavors van trucar a la porta, i entrà el rector de la parròquia amb el confés i el sagristà. La Ció portà llum i tinter a la cambra de sa mare; el confés assentà els noms; el rector es revestí de sobrepellís i estola; i, això fet, van entrar tots al dormitori de la malalta. Serien testimonis don Miquel i el fuster, que la seva dona havia anat a cercar a corre-cuita.

La Madrona, en son afany de fer les coses bé, havia improvisat un altar en la tauleta de l'alcova, substituint la metralla de medicines per un Sant Crist posat entre dos ciris que escampaven llur claror damunt la blanca estovalla i les emblanquinades parets on s'estampava l'ombra bellugosa de persones i objectes.

El confés pregà que eixissin de l'alcova tots els qui no tinguessin part en aquell acte, i, llavors, tots els presents es distribuïren en convenient forma: a l'espona del llit, en Lluís, profundament commogut, sense abandonar la moribunda; a son costat, entregirat vers la santa imatge i els nuvis, el celebrant; darrera seu, els testimonis. Tots els restants, a respectuosa distància, contemplaven la cerimònia apilats al mig de la saleta. Els ulls es giraven de la malalta al sacerdot, del sacerdot a la malalta, que semblava recobrar altra volta bella pau i a la cara de la qual es dibuixava la dolça expressió de la Joconda. Regnava un silenci solemníssim; la curiositat ofegava els plors d'entendriment.

El sacerdot pronuncià llavors, amb veu solemne, la fórmula sagramental:

—Vós, Lluís Oliveras i Fortuny, ¿voleu prendre ara Antònia Camps i Vinyes, aquí present, per legítima muller vostra, segons la santa mare Església practica?

—Sí, pare —respongué en Lluís amb veu humil.

—Vós, Antònia Camps i Vinyes, ¿voleu prendre ara Lluís Oliveras i Fortuny, aquí present, per legítim marit vostre, segons la santa mare Església practica?

—Sí, pare —féu, commosa, la Toneta.

—Doneu-vos, doncs, les mans dretes —digué el capellà, sense perdre sa entonació. I, en veure's obeït, beneí la unió, afegint, a mitja veu—: *Ego vos in matrimonium conjungo, in nomine Patris, et Filii, et Spiritus Sancti. Amen.*

I, dada la benedicció, va retirar-se cerimoniosament, seguit dels testimonis, travessant el passadís que li feren, muts, els espectadors. La poca durada de la cerimònia sorprengué a tots. Ells esperaven quelcom d'original i més complicat. I ni plàtica, ni carta de Sant Pau, ni benedicció de l'anell! A les noies els semblava impossible que amb tan breus paraules es formés un llaç estret i durador.

El goig que respirava la Toneta despertà esperances i animà a tothom per a dar als nuvis l'enhorabona, i, d'un a un, anaren acomiadant-se els forasters, alhora esperançats i commoguts. Allò que havien presenciat els semblava un somni.

—I bé, què li sembla, a vostè? —preguntava don Miquel al confessor, al peu de l'entrada, mentre donya Mercè desapareixia dins la fosquedat del cotxe.

—Que no arriba a demà. N'he vist tantes, de malalties de cor!

I eren les quatre de la matinada que el nen somreia com un àngel en el llit de la dida, l'ànima de sa mare se'n volava al cel, i son pare queia agenollat, amarant de llàgrimes la glaçada mà que fins llavors l'havia retingut amb tant d'amor.